ハーレクイン文庫

傷だらけのヒーロー

ダイアナ・パーマー

長田乃莉子 訳

JN178928

HARLEQUIN
BUNKO

THE WINTER SOLDIER

by Diana Palmer

Published by Harlequin Japan, a Division of K.K. HarperCollins Japan, 2025

傷だらけのヒーロー

◆主要登場人物

リサ・モンロー……………牧場主。
ウォルト・モンロー………リサの夫。麻薬捜査官。故人。
サイラス・パークス………牧場主。元傭兵。愛称サイ。
ハーリー……………………サイの牧場の牧童頭。
エビニーザ・スコット……サイの元傭兵仲間。傭兵の訓練施設経営。愛称エブ。
マイカ・スティール………サイの元傭兵仲間。
ロドリゴ……………………サイたちの仲間。
アレックス…………………サイの息子。故人。
マニュエル・ロペス………麻薬王。

1

今日は月曜日。処方箋《せん》の薬を調剤してもらうには最悪の日だ。カウンターの後ろでは、気の毒な男の薬剤師が電話を受け、薬を用意し、客の質問に答えながら、ふたりの店員にあれこれ指示を出している。休み明けの日はいつもこうだ。サイ・パークスはあきらめ顔で考えた。誰だって、休日に医者の手をわずらわせたくはない。だから、患者は月曜日まで待って医者のもとへ押しかける。おかげで、ジェイコブズビルの薬局も大忙しというわけだ。

そう言えば、とサイは思った。僕も医者へ行くのを月曜日まで延ばしたくちだな。金曜日の午後に、怒れる雄牛と渡り合ったときの傷がまだ痛む。しかも、怪我《けが》をしたのは左腕だった。ワイオミングの家が火事で焼けたときに火傷《やけど》を負ったのと同じ腕だ。ドクター・コパー・コルトレーンは傷口を十針縫って、どうしてこんな怪我を二日も放《ほう》っておいたんだとしきりに腹を立てていた。だが、サイはその言葉にはまったく耳を貸さなかった。体には縦横無尽に傷跡が走っており、あといくつか傷が増えたところで、本人にとってはどうということもない。シャツを脱いだ彼の上半身に目を走らせ、コパーはわざわざ相手に聞こえるような大声でひとり言を言った。どこでこんなに銃傷をつけてきたんだ、この患者は？　サイは氷のように冷たい緑の瞳で見返しただけだった。コパーは詮索《せんさく》をあきらめた。

　手当てが終わると、コパーは強い抗生物質と鎮痛剤を処方して、サイを解放した。その処方箋を薬局の店員に渡してから、もう十分が経過している。

　サイはカウンターの前に並ぶ客たちをいらだたしげに一瞥《いちべつ》した。その目が落ち着いた感じの、ブロンドの娘の上にとまった。彼女はおもしろがっていることを隠そうともせずに、サイの様子を観察している。知った顔だった。ここテキサス州ジェイコブズビルの人間なら、大抵が彼女を知っているだろう。彼女の名前はリサ・テイラー・モンロー。彼女の夫ウォルト・モンローは、囮《おとり》捜査に従事する麻薬捜査官だったが、つい最近殺されてしまった。ウォルトは生前、自分の保険金を担保に借金をしていた。そのため、彼女の手に渡った保険金の額は微々たるもので、葬式の費用をまかなうだけでやっとだったという。だが、少なくともリサには、亡くなった父親が遺《のこ》した小さな牧場がある。

　サイはじろじろと彼女を眺めた。かわいい娘だが、美人というほどではない。色の濃い金髪をいつも後ろでまとめている。瞳は茶色で、眼鏡をかけており、ジーンズとTシャツが牧場で働くときの彼女のお決まりの格好だ。ウォルト・モンローは妻の牧場にかなり入れ込んでいた。ときたまふらりと家に帰ったときなど、牧場のあちこちに手を加え、大規模な改革にも着手していた。だが、そのおかげで夫の死後、リサには多額の借金が残されたのだ。

リサ・モンローについて、サイは人よりいくぶん多くのことを知っていた。リサは、最近ベリンダ・ジェサプという官選弁護人と結婚した、これも牧場主のルーク・クレイグとともに、サイにとってはもっとも近くに住む隣人なのだ。ミセス・モンローはシャロレー種の牛がお気に入りだったな。サイはぼんやりと考えた。彼が飼育しているのは、繁殖用のサンタ・ガートルーディス種だ。これは、以前の彼の職業にも劣らないほどのもうけになる。賞を取るような牛は、市場で百万ドル以上の値がつくのだ。

リサのところのシャロレー種は食用だ。毎年秋に牛を売って収入を得ているようだが、それだけでは焼け石に水だろう。借り入れた金額が大きすぎる。町の大方の人々と同様に、サイもまたリサを気の毒に思っていた。彼女は妊娠しているというもっぱらの噂《うわさ》だ。一見しただけではおなかに子どもがいるようには見えないが、最近では妊娠しているかどうかはほんの数日の段階でわかるのだそうだ。リサは身ごもってからまだ日が浅いのだろう。

それにしても、リサの置かれた状況は非常に厳しい。夫を亡くし、子どもを身ごもった上、首まで借金につかっているのだ。銀行が差し押さえに出たら、遠からず彼女はホームレスになってしまう。

リサはもう一台のレジの前に辛抱強く並んでいた。やっと自分の順番がまわってくると、リサはカウンターの上に温熱パッドの箱を置いた。

「またなの、リサ?」若い女の店員が、あきれたようなほほえみを浮かべて尋ねた。

リサは険しい目で店員をにらんだ。「皮肉はよしてよ、ボニー」

「よせですって? 今月はこれで三度めじゃないの。うちにあるこの品の在庫は、これで最後よ」

「知ってるわ。さっさと追加を仕入れたら」

「あの犬、なんとかしなさいよ」ボニーは強い口調でぴしゃりと言った。

「うちの子犬は父親似なのよ」リサはむきになって言い返した。子犬の父親は、トム・ウォーカーの飼い犬のシェパードだ。「もう少ししたら、きっと優秀な番犬に育つわ。いま手がかかっても、その甲斐《かい》はあると思うの。これ、おいくら?」

ボニーが値段を言うと、リサは小切手にその金額を書き込んだ。「毎度どうも」そう言ってボニーはリサの平らな腹部を見下ろした。「予定日はいつ?」

「九カ月と二週間後よ」リサは内心の動揺を隠して、穏やかに答えた。ドクター・ルー・コルトレーンの計算どおりなら、夫のウォルトは、わたしが子どもを授かったすぐ次の日に殺されたのだ。出産に関して、ルーが計算を間違えたことはない。彼女も夫と同様、腕のいい医者なのだ。

「メイソンとかいう男が、おたくの牧場を手伝ってるんですってね」ボニーがリサの物思いをさえぎった。「だったら、番犬なんかいらないじゃない。その人があなたを守ってくれるでしょう?」

「彼は週末にしか来ないのよ」リサは言った。

ボニーは眉を寄せた。「ルーク・クレイグが、その男をあなたのところへよこしたんだったわね? でも、ルークが言ってたわよ。メイソンは毎晩おたくの使用人小屋で眠ることになってるって!」

「彼はほとんど毎晩、女友達のところで過ごすの」リサはいらだたしげに言った。「こっちには好都合よ。だって彼、全然お風呂に入らないんだもの!」

ボニーは声をあげて笑いだした。「よかったじゃない。そういうことなら、週末の分のお給料しか払わなくてすむもの……リサ」居心地悪そうなリサの表情を見て、ボニーは口調を変えた。「あなた、丸々一週間分払ってるんじゃないでしょうね?」

リサの頬が赤くなった。「言わないで」

「あら、ごめんなさい。わたしはね、あなたが他人につけ込まれっぱなしなのが気に食わないだけなの。世の中にはずる賢い悪人がうじゃうじゃいるのに、あなたときたら、いつまでたっても人のいい慈善家のままなんだもの」

「生まれつきの悪人なんてどこにもいないわ。彼らは環境の犠牲者なのよ。それに、ミスター・メイソンは悪人じゃない。ちゃんとした教育を受けられなかっただけだわ」

「冗談だろう！」サイは吐き捨てるように言って、リサをにらみつけた。さっきから余計な口ははさむまいとしていたが、もう限界だった。お人よしにもほどがある。聞いているこっちが憤死しそうだ。

リサは茶色い目をみはった。「なんですって？」

「きみは本気で言ってるのか？」サイはぶっきらぼうに尋ねた。「人間は自分で自分の墓穴を掘って、そこへ自分から飛び込むんだ。悪党を弁護してやる必要なんか微塵《みじん》もない」

「そのとおり！」ボニーは満足そうに声をあげた。

リサは相手が無口な隣人であることに気づいて、前に彼と会ったときのことを思いだした。ある日、リサが熊手《くまで》で干し草を柵《さく》の向こう側へ投げ入れていると、突然彼が近づいてきて、そんな力仕事はご亭主にやらせるべきだとずけずけ言ったのだ。ウォルトにその言葉を伝えると、彼は機嫌を損ねた。数日前にも、同じ仕事をリサにやらせて、その横で自分は宅配サービスのかわいいブロンド娘といちゃついていたのだ。ウォルトはリサがサイをそそのかして、いらぬおせっかいを焼かせたのだろうと怒りだした。短い結婚生活の間に何度かあったけんかのひとつだった。リサは冷ややかにサイを見た。「あなた、わたしのことなんか何も知らないくせに」

サイは眉をつり上げた。「きみが手伝いの男に給金を払いすぎてることなら知ってる」

そして、彼はリサの平らな腹部に険しい目を向けた。「それに、人のいい慈善家でいられる余裕なんかないってこともな。その手伝いとやらを首にするんだ。僕のところからひとり、きみの牧場へ人をやって使用人小屋に泊まらせよう。あんな寂しい場所に、夜ひとりでいちゃいけない」

「あなたの助けはいらないわ」リサはサイに不機嫌そうな視線を向けた。

「いいや、いるさ。亡くなったご亭主は、きみひとりに何もかも背負い込ませたいとは思わなかったはずだ」サイは静かに言った。だが、いまのは本心からの言葉ではなかった。死んだウォルト・モンローに対する嫌悪感が顔に出ていなければいいが。いまだに忘れられない。リサが重い干し草の梱《こり》を持ち上げているかたわらで、夫のウォルトはブロンド娘といちゃついていたのだ。

リサのサイを見る目が変わった。まだ反感は消えないが、彼の気づかいは心にしみた。リサはため息をついた。「あなたの言うとおりね。ウォルトはそんなことは望まなかったはずだわ」

リサは何気なく視線を下げ、やっと相手の左腕の状態に気づいた。彼女は、はっと息をのんだ。「あなた、怪我してるのね！」

「お薬は二種類よ、ミスター・パークス」ボニーがにんまりと笑いながら薬の袋を差しだした。「それと、ドクター・コルトレーンからの伝言。あなたが痛み止めをちゃんとのまない場合は、わたしが鞭《むち》打ちの刑に処せられるんですって」

「そんなことになったら一大事だ」サイはあっさりと応じた。

「そう思ってくれたら、うれしいわ」ボニーはサイのクレジットカードを受け取った。リサは帰ろうとしてふたりに背を向けた。

「町まで車で来たのかい？」サイがリサの背中に声をかけた。

「いえ、あの、わたしの車、ウォーターポンプが壊れているの」リサは仕方なくそう言った。「ミスター・マードックの車に乗せてきてもらったのよ」

「マードックのじいさんは町の寄り合いに来たんだろう。だったら、夜中までかかるぞ」

「九時までよ。図書館で待つつもりなの」

「そんなに遅くまで待っていたって仕方がない。僕が送ろう。どうせ通り道だ」

「彼に乗せてもらいなさい」ボニーがきっぱりと命じた。断ろうとしてリサが口を開きかけると、彼女はさらに言った。「わたしから寄り合いの場所に電話しておくわ。あなたはもう別の車で送ってもらったって、ミスター・マードックに伝えてあげる」

「きみは軍隊にでもいたのかい？」サイは珍しく瞳を楽しそうにきらめかせて、ボニーにきいた。

ボニーはにっと笑った。「いいえ。軍隊にとっては大損失ね」

「ミスター・パークス……」リサは最後のあがきを試みた。

サイはその腕を取ると、ボニーにうなずいて、そのままリサを薬局の外へ連れだしてしまった。そして、道端にとめてある大きな赤のフォード・エクスペディションめざして歩きだした。

サイは、リサのために助手席側のドアを開けた。「あなたが赤い自動車を乗りまわしているとはね」

「たまたま販売店にあったのがこれだったんだ。急いでいたんでね。さあ」彼は車に乗るリサの体を押し上げた。

「うわあ」サイが運転席に乗り込むと、リサはつぶやいた。「この車なら、象だってひき殺せるわね」

「いまは象狩りには季節はずれだ」彼はリサがシートベルトにてこずっているのを見て顔をしかめた。「助手席のベルトはかけにくいんだ。ほら、こうやって……」彼は身を乗りだして、怪我をした左腕で器用に助手席のシートベルトをしめた。リサに身を寄せたサイは、彼女のやさしい茶色の瞳や、なめらかな肌に気がついた。丸い小さな顎。かわいい口もと。夜、髪を下ろした彼女はどんなだろう。そんなことを考えた自分に腹が立った。サイは唇をかたく結び、体を起こして運転席のシートベルトをしめた。

サイが離れたので、リサは胸を撫《な》で下ろした。あんなに近くに寄ってこられると緊張してしまう。変ね、とリサは思った。たとえ二カ月とはいえ、わたしだって結婚していたのに。異性に慣れていてもいいはずだわ。でも、もちろん、夫はわたしの体に興味があったわけではなかった。ウォルトはいつでもことを手早くすませたがっていた。だから、わたしは女性としてのよろこびを何ひとつ味わっていないと言っていい。ウォルトは愛していた女性にふられた反動でわたしと結婚したのだ。わたしの持ち物の中で、ただひとつウォルトの心を引きつけたのは、父から遺された牧場だった。

「きみに代わって、牧場の仕事を監督してくれる人間はいるのかい?」車がハイウェイを走りはじめると、サイはきいた。

「雇う余裕がないわ」リサは憂鬱《ゆううつ》そうに答えた。「ウォルトはいろんな計画を立てていたの。だけど、どれひとつ実行に移すお金がなかった。彼は借金をして牛を買ったのよ。ところが、この旱魃《かんばつ》でしょ。牛たちの冬の飼料を買ったら大赤字よ」彼女は悲しげに首を振った。「ウォルトの夢を実現させてあげたかったわ。そうすれば、彼は囮捜査官なんかやめて、牧場主になってくれるはずだったのに。あの人、まだ三十歳だったのよ」

「マニュエル・ロペスは復讐《ふくしゆう》心の強い麻薬王だ」サイはつぶやいた。「何人犠牲者が出ようと気にもとめない。あいつは標的の家族全員を血祭りにあげるのが好きなんだ。まあ、小さな子どもは例外だが。それだけがやつの取り柄と言えるかな」サイはちらりとリサを見た。「だから、なおさら夜はひとりでいちゃいけない。犬を飼うというのはいい考えだ。子犬でも、誰かが家に忍び寄ったら吠《ほ》えるだろう」

「どうしてあなたがロペスのことを知ってるの？」リサは尋ねた。

サイは、ぞっとするほど冷たい笑い声をあげた。「どうしてかって？　やつは手下を使ってワイオミングの僕の家に火をつけさせたんだ。やつのせいで、妻と小さな息子が死んだ」彼はまっすぐ前を見すえた。「この償いは、必ずさせてやる」

リサは彼の顔に浮かぶ表情にひるんだ。「わたし……知らなかったわ。ごめんなさい、ミスター・パークス。火事のことは知っていたけど、でも……」リサは顔をそむけて、暗い窓の外に目を移した。「ウォルトは死ぬ前にひと言だけ言い残したそうよ。〝ロペスをつかまえろ〟って。きっと当局があいつをつかまえるわ」彼女は声を荒らげた。「絶対につかまえるわ。どんな代償を払っても」

サイは彼女を横目で見て、思わず口もとをほころばせた。「きみは見かけどおりの内気な奥さんじゃないんだな、ミセス・モンロー？」

「わたしは妊娠しているのよ。そのせいで怒りっぽくなっているの」リサはそっけなく言った。

「結婚して、こんなに早く子どもが欲しかったのかい？」サイも町の人々と同様、彼女が数カ月前に結婚したばかりであることを知っていた。

「わたしは子どもが好きなの」リサは照れくさそうに笑いながら言った。「いまどき、はやらないのは知ってるわ。でもわたし、キャリアウーマンにあこがれたことは一度もないの。ここの暮らしが性に合っているのよ。主婦でとても満足だし、現代女性は見向きもしないらしいけど、家事だって大好き」リサはいたずらっぽく笑った。「おまけにわたし、結婚するまでバージンだったのよ。世の中の流れにさからうなら、徹底してやらなきゃね!」

サイはくすくすと笑った。「反逆児なんだな」

「そういう血統なの」リサも笑った。「あなた、生まれはどこ?」

サイは落ち着かない様子で座り直した。「テキサスだ」

「でも、ワイオミングにいたんでしょう」

「あそこなら、ロペスにわずらわされなくてすむだろうと思ったんだ。とんだ大ばかだったよ」彼は静かにつけ加えた。「もしも最初からここに来ていたら、あんなことにはならなかったかもしれない」

「ここの警察は優秀よ。だけど……」

サイは彼女を見やった。「僕が昔、何をしていたか知らないのか? エビニーザ・スコットがロペスの手下を殺人未遂で刑務所に送り込んだとき、彼の経歴がヒューストンの新聞に載っただろう。彼の昔の仲間が何人か、いまこの町に住んでいることも記事に書かれていたはずだ」

「その記事なら読んだわ。だけど、具体的な名前は載っていなかった」

「そうなのか？　なら、エブが削除させたんだな」

リサは彼のほうに体を向けた。「あなた、以前何をやっていたの？」

サイは彼女に目もくれなかった。「記事にならなかったなら、言うつもりはない」

「彼の昔の仲間なのね？」リサは食い下がった。

サイはためらったが、すぐに思い直した。リサは話をふれまわるような女じゃない。それに、黙っているほどの理由もないだろう。「ああ」彼はぶっきらぼうに答えた。「僕は傭《よう》兵《へい》だった。高額の報酬で雇われて働く、プロの兵士だったんだ」吐き捨てるように言う。

「でも、道義は守ったんでしょう？　つまりね、ロペスのような男に手を貸したりはしなかったんでしょう？」

「まさか！」

「だろうと思ったわ。そういう仕事って、大変な度胸がいるんでしょうね。でも、奥さんや子どもがいるのに、どうしてそんな仕事を続けたの？」

大嫌いな質問だった。

だが、リサは答えを聞くまであきらめないだろう。サイは車のハンドルを握りしめた。「僕が足を洗うのを拒んだんだ。それで、妻は僕に仕返しするためにわざと妊娠した」彼は自分の奇妙な言いまわしに気づいてもいないようだった。「その後、僕は傭兵稼業を引退して牧場の仕事に専念することにした。しかし、その前にロペスの有罪の証拠をつかむ手伝いをしたんだ。そして、ワイオミングへ帰った直後に家に放火された。僕の不注意だった。ロペスの部下がワイオミングまであとをつけていたんだ。あのときのことは、いまも後悔している」

リサは彼の厳しい横顔を興味深そうにじっと見つめた。「アドレナリンの噴出がないと生きていけなかったの？ それとも、結婚の束縛から逃れたかっただけ？」

サイの瞳が物騒な光を放った。「きみは質問が多すぎる！」

リサは肩をすくめた。「そっちがはじめたのよ。わたしはあなたが牧場主以外の何かだなんて、ちっとも知らなかったわ。おたくの牧童頭のハーリー・ファウラーは、自分はプロの兵士だってみんなに自慢してるけど、彼は違うわね」

その言葉に、サイは驚いた。「どうして違うとわかるんだ？」

「だって、わたし彼にきいたのよ。〝ファンダンスをやったことはあるの？〟って。そしたら彼、なんのことだって目をぱちくりさせてたわ」

サイは道の途中で車をとめて、リサの顔をまじまじと見た。「そんなもののことを誰がきみに教えたんだい？ きみのご亭主か？」

「ウォルトも英国空軍特殊部隊のことは知っていたわ。でも、詳しいことはわたしが彼に教えたの。ファンダンスのことも含めてね。すごく厳しい訓練なんですって」リサは恥ずかしそうに笑った。「変に聞こえるでしょうけど、わたしはそういう方面の本を読むのが好きなのよ。フランス外人部隊の話とか。彼らは世界中のテロリストたちの恐怖の的よ」

リサは隣に座るサイの表情にも気づかない様子で、ため息をついて目を閉じた。「ああいった仕事のできる人って尊敬するわ。極限状態に置かれた自分がどういう反応を示すか。それを試すための手段でもあるのよね」彼女はぱっと目を開けた。「あなたみたいな人たちよ」

サイは頬に血がのぼった。おもしろい娘だ。ウォルトがなぜ彼女と結婚したか、わかるような気がする。「きみはいくつだい？」彼はぼそりと尋ねた。

「妊娠しても差しさわりのない年よ」リサは小生意気な口調で言った。

サイは目を細めた。リサはまだとても若い。こんな娘が危険にさらされているなんて、言語道断だ。

「あなたはいくつなの？」と今度はリサが尋ねた。

「きみよりは年上だ」サイはからかうように言った。

リサは顔をしかめた。「あなたの顔には傷もしわもあるけど、三十五歳以上には見えないわ」

彼の眉が上がった。

「赤ちゃんが生まれたら、あなたに名づけ親になってほしいのよ。ウォルトも、生きていたらよろこぶと思うの。彼はあなたに一目置いていたから。どうしてなのか、詳しい話はしてくれなかったけど、これで理由がわかったわ」

「僕は名づけ親になった経験なんてないよ」

「平気よ。わたしも母親になった経験なんてないから」リサは眉を寄せた。「考えてみれば、赤ちゃんだって生まれてくるのははじめてなんだわ。みんなそろって一から出発ね」

「きみはご亭主を愛していたのかい?」

リサはぱっと彼のほうを向いた。「あなたは奥さんを愛していた?」即座にきき返す。

サイは車を出した。「結婚するとき、妻は僕を愛していると言ったよ」彼ははぐらかした。

かわいそうな女性だわ。リサは思った。それに、かわいそうな男の子。幼い命を、そんな残酷なやり方で奪われるなんて。ミスター・パークスは妻と子の夢にうなされることがあるのだろうか? たぶん、あるのだろう。あの腕のひどい火傷は、彼が家族を救おうと力を尽くした証拠だ。そんな悲劇のあと、ただひとりの生き残りとして生きつづけるのは、どんなにかつらいに違いない。

車がリサのみすぼらしい家の前に着いた。ポーチの階段はすっかりがたがきており、板の一枚が腐っている。窓の網戸はあちこち破れ、スクリーン・ドアは蝶番《ちょうつがい》がはずれて、半分枠からぶら下がっていた。サイは車からリサを助け降ろし、そっと地面に立たせてやった。リサは小枝のように細かった。

「ちゃんと食べてるのか?」ポーチの明かりに浮かび上がる彼女の体つきを眺めて、彼は顔をしかめた。

「あなたには赤ちゃんの名づけ親をお願いしたのよ。わたしのじゃないわ」彼女はにっこり笑った。「送ってくださってありがとう。自分のおうちへお帰りになって、ミスター・パークス」

「噂の子犬は見せてもらえないのかい?」

リサは渋い顔でポーチの階段をのぼり、ドアの鍵穴《かぎあな》に鍵を差した。「犬は裏のポーチよ。一応新聞紙は敷いてあるけど、きっとすごいことに……変ね」鍵をまわさなくても扉が開いたので、リサはつぶやいた。「確かに鍵をかけたのに……どこへ行くの?」

「そこを動くんじゃない」サイはそれだけ言うと、車の中から四五口径のオートマチック拳銃《けんじゅう》を取ってポーチに戻ってきた。

リサは銃を見ると青ざめた。

サイはドアの前にいるリサの体をそっと押しのけた。「ここにいるんだ」

サイは銃を耳の横に構えて家の中を忍び足で歩きまわった。部屋から部屋へ、彼の体が音もなく移動する。ひとつの寝室の前まで来たとき、中からかすかな物音が聞こえた。人の気配がする。ドアがほんのわずかに開いており、その隙間《すきま》から光が外にもれていた。サイはドアを蹴《け》り開け、それと同時に侵入者に向かって銃を構えた。

男の顔は、驚愕《きょうがく》という言葉を絵に描《か》いたようだった。ルーク・クレイグの牧場から手伝いに来ているビル・メイソンは、下着をはいただけの姿でビール瓶を片手にベッドに横たわっていた。

「おめえ、ミセス・モンローじゃねえな?」男はろれつのまわらない舌で言った。

「それに、そっちもミスター・モンローじゃない。さっさとそのベッドから下りて服を着るんだ!」

「わかったよ。いや、わかりましたよ、パークスの旦那《だんな》!」

男は起きようとしたが、その拍子にベッドからころげ落ちてビール瓶が吹っ飛んだ。瓶は派手な音をたてて床の上で割れた。「やっちまった」男はうめいた。「最後の……最後の一本だったのに!」

「知るもんか! さあ、早くここから出ろ!」

「わかったから。ズボンだけ……どこかに……」メイソンはしゃっくりをして周囲を見まわした。

サイはうなるように毒づきながら、銃をベルトに差してリサを探しに戻った。彼女はポーチにいた。

「ショックをひとつ減らしてあげたよ」

「どの程度のショックなの?」

「風呂の嫌いな恋人志願者が、ベッドできみを待っていた」サイは笑うまいとして口もとを引きしめた。まったく、これは笑いごとじゃない。

「嘘《うそ》でしょう、またなの？」リサはうめいた。

「まただって？」

鋭さを増した彼の目つきに、リサは落ち着かなくなった。「おかしな想像をしないで！あの人、週に一度は酔っ払って、ウォルトのベッドにもぐり込むのよ」リサの言葉にサイは驚いた顔をしたが、それにも気づかず彼女は続けた。「朝まで鍵をかけて閉じ込めてしまうから、実害はないの。あの人のお酒は病気なのよ」

「ルーク・クレイグはこのことを知ってるのか？」

「知られたら、あの人、首にされてしまうわ。気の毒に、彼には行き場所がないのよ」

「明日には行き場所ができているさ」サイは怒りを爆発させた。「なぜ誰にも言わなかったんだ？」

「ルークが親切でしてくれたことですもの」

「この話を聞いたら、ルークはあいつを頭からばりばり食っちまうさ！」

そのとき、にぶい物音がして、酔っ払った男がおぼつかない足取りで外に出てきた。

「どうも、失礼をいたしました、奥さん」メイソンは帽子を振りまわして頭を下げたが、危うく前につんのめりかけた。そして、その場でぼんやりと視線をさまよわせた。「おれの馬はどこだ？　ここにいたはずなのに」

「僕が見つけて届けてやる。さあ、その車に乗るんだ。だが、中で吐いたら撃ち殺してやるからな！」

「わかったよ、旦那。いま……いますぐ車に……ただいますぐに、乗りますですよ、旦那！」

メイソンはふらふらとサイの車に近づくと、ドアを開けて助手席によじのぼった。

サイはリサに向き直った。「僕だったら、シーツを洗濯するまでソファで寝るな」

リサは険悪な顔でつぶやいた。「あんな人と寝るなんて、あの人の女友達ってどうかしてるわ」

「たで食う虫も好き好きさ。僕のところの人間を、きみの使用人小屋へ行かせよう。酒は飲まないし、きみのベッドにもぐり込んだりもしない男だ」

リサは笑った。「それはうれしいわ」そして、少しためらってから言った。「送ってくださってありがとう、ミスター・パークス」

サイは目を細めて彼女を見た。リサは夫の死でかなりの打撃を受けているようだ。目の下には黒いくまができている。このままリサをひとりでここに残しておくのは気が進まない。リサを守ってやりたいという自分の気持ちに、サイはとまどった。

「家の中に入って、鍵をしめるんだ」彼は命令口調で言った。

リサはむっとしたようにサイをにらんだが、彼はまじろぎもせずに彼女を見下ろしているだけだった。まあ、いいわ。リサは家の中に入りながら考えた。世の中には、礼儀という言葉の意味を知らない男の人がいるのよね。

サイはリサがドアに鍵をかけてから車に戻った。さっきから彼は不思議に思っていた。リサはなぜ、〝夫婦のベッド〟と言わずに〝ウォルトのベッド〟と言ったのだろう。メイソンをクレイグ家まで送っていく間、その疑問がずっと彼の頭を離れなかった。酔っ払いを目の前に突きつけられたブロンドの牧場主、ルーク・クレイグは声高に毒づいた。

「わらくしは、酔っ払っております」メイソンはポーチの上で揺れながら、にんまりと笑った。

「こいつは下着一枚でリサのベッドにもぐり込んで、彼女の帰りを待ってたんだ」サイはにこりともせずに言った。「もうこの男をリサのもとへは送らないでほしい」

「ああ。しかし、よくいままで僕らの目をごまかしてたもんだ。そう思うだろう?」

「わらくしは、非常に酔っ払っております」メイソンはご機嫌でくり返した。

「うるさい」サイは叱《しか》りつけてから、ルークに向き直った。「僕のほうからリサのところへ手伝いを送るつもりだ。この男をなんとかしてくれるか?」

「わらくしはひっじょーに酔っ払っております」

「黙れ!」サイとルークは声をそろえてどなった。

玄関のドアが開き、ルークの妻のベリンダが顔をのぞかせた。「あら、この人、酔っ払ってるのね」ベリンダは、どうして夫たちがこわい顔で自分をにらむのか不思議に思った。「彼を家の中に入れてあげて、ルーク。わたしは〈マスターズ・イン〉に電話するから」

サイの怪訝《けげん》そうな表情を見て、ベリンダはつけ加えた。「そこはアルコール依存症の人たちを受け入れる施設なのよ。中に入ってコーヒーをいかが、ミスター・パークス？」

「いや、結構。もう家へ帰らないと」

「手間をかけさせてすまなかった」ルークはあやまった。

サイは思わず彼に言った。「きみは目が高いな。ベリンダはなかなかできた女性だ」

ルークの口もとがゆっくりとほころんだ。「ああ。そうなんだ」

サイは咳《せき》払いをした。「おやすみ」

「おやすみ」ルークは答えた。

「おやすみ！」ルークに連れられて家に入るメイソンの声が夜空に響いた。

2

サイは痛み止めをのんで、何日ぶりかでぐっすりと眠った。リサの牧場の使用人小屋には、年のいった有能なカウボーイを送っておいた。それに、リサには内緒で彼女の家の周囲に性能のいい盗聴装置を設置して、雇い人のひとりに二十四時間の監視を行わせている。少し神経質すぎるかとも思ったが、用心するに越したことはない。彼は麻薬王マニュエル・ロペスの復讐《ふくしゅう》心の強さを身にしみて知っていた。それに、ロペスはリサが妊娠していることを知らないかもしれない。

翌々日、サイがリサの家を訪ねると、彼女はなんと、家畜小屋で、生まれかかっている子牛の体を母牛の胎内から引っぱりだそうとしているところだった。

エンジンを切るのもそこそこに、サイは車から飛び降り、いかめしい顔でリサのかたわらに近づいた。リサは目を上げ、サイの表情を見て顔をしかめた。

「何も言わないでちょうだい、サイ・パークス」リサは額の汗をぬぐった。「いま、みんな出払ってるのよ。母牛が急に産気づいてしまって……」

「だから、そんなことをしているわけだ。気でもおかしくなったのか？　きみは妊娠しているんだぞ！」サイはどなった。

リサは母牛の脚の間に座り込み、息をあえがせながら彼をにらんだ。「仕方ないでしょう。母牛も子牛も、わたしの大事な……」

「立つんだ！」サイは語気荒く命じた。

リサは頑固に彼をにらみつけている。

激怒しているにもかかわらず、サイは彼女の体をそっと引き上げて立たせてやった。そして、今度は自分がそこにひざまずき、母牛の状態をざっと調べて顔をしかめた。

サイは何かぶつぶつと言いながら立ち上がった。そして、自分のトラックへ戻ると無線を使って助けを呼んだ。運のいいことに、サイのところの牧童頭が、車で二分とかからない場所にいた。牧童頭のハーリーは、すぐさまリサの家に駆けつけ、ロープを持って車から飛び降りた。

「助かったぞ、ハーリー」サイはハーリーの持ってきたロープを母牛の体から突きだしている子牛の脚に巻きつけた。「さあ、いいか？　引くぞ！」

サイとハーリーは汗だくになって、子牛の体を半分まで引きだした。

「子牛はまだ生きてるな」サイは笑顔になって言った。「よし、もう一度だ。引け！」

三度めに引いたところで、子牛の体がするりと外にすべり出た。サイが粘膜のついた鼻面をぬぐってやると、黒い子牛は元気な鳴き声をあげた。母牛はすぐに首をめぐらせて子牛の体をなめはじめた。

「危ないところでしたね」ハーリーが笑顔で言った。「二重の意味で危なかった」

「まったくだ」サイはリサをじろりと見た。

リサは言い返した。「これはわたしの牛よ。わたしひとりでなんとかなると思ったの」

「きみはサムソンの女版だものな」サイは皮肉たっぷりに言った。

リサは両手を腰にあてて彼をにらんだ。「もう帰って！」

「よろこんで。手を洗ったらな」

「あっちにポンプがありますよ」ハーリーが言った。

「先に洗ってくるといい」サイは怪我《けが》をした自分の腕を見下ろした。「僕は消毒石鹸《せっけん》で洗わないと」

ハーリーは何も言わなかったが、彼の胸の内は顔にはっきりと書いてあった。かわいそうに、ボスはもう年だし、体のあちこちにがたがきていて力仕事は無理らしい。

リサは低くつぶやいた。「あなたの体に入ったばい菌なんて、すぐに自然消滅するでしょうよ」

「少なくとも、僕にとりつくほどのばい菌は頭がいいさ！　僕が妊婦だったら、自力で子牛を引っぱりだそうとはしないからな！」

リサは妊娠したサイを想像して大笑いした。おかげで、サイの表情はますます険悪になった。

「僕は先に戻ります、ボス。手は向こうで洗いますから！」ハーリーは雇い主の返事を待ってはいなかった。彼は舌戦の流れ弾が飛んでこないうちに、さっさとその場から逃げだした。

「臆病者《おくびょうもの》」土ぼこりをたてて走り去るトラックを見送りながら、リサはつぶやいた。

サイは彼女のあとからキッチンに入った。「ハーリーは僕をこわがってるわけじゃない」サイはいらだたしそうに言った。「それどころか、僕のことを哀れな老いぼれだと思っているのさ。以前に二週間ばかり傭兵《ようへい》の訓練所で訓練を受けてから、あいつは自分のことを傭兵向きの人間だと思い込んでるんだ」彼は皮肉っぽくつけ加えた。

サイは痛みにひるみながら石鹸を泡立てて手や腕を洗った。

「傷口が化膿《かのう》したら困るでしょう」リサはタオルを持って、彼の手もとをのぞき込んだ。

「だからさっき消毒石鹸はあるかときいたんだ！」彼はぴしゃりと言って、リサの平らな腹部に目を移した。「きみは大変な危険を冒している。かなりの数の女性が妊娠初期に流産してしまうんだ。さっきのきみみたいに、ばかげたことをしなくてもね」

リサは、苦悩のあとがはっきりと残る彼の顔を見た。「奥さんが妊娠してる間、あなたはきっととてもやさしい、いい旦那《だんな》さまだったんでしょうね」

「僕は子どもが欲しかった」サイの顔がこわばった。「だが、妻は違った。妻は中絶すると言ったが、僕が承知しなかったんだ」彼の瞳に苦しげな色がよぎる。「結局、もっと残酷なやり方で子どもを死なせてしまったけれどね」

リサは彼の苦しみを肌で感じた。「わたしには、子どもの存在を一緒によろこんでくれる人がいないの」彼女は、悲しみにくぐもった声で言った。「妊娠検査の結果がわかったときには有頂天だったわ。ウォルトは子どもについては何も言ってなかった。彼はわたしが妊娠した次の日に死んだわ。だけど、仮に彼が生きていたとしても、子どものことを知ったらきっと早すぎるって言ったと思うわ」リサは肩をすくめた。「事実、早すぎるんでしょうね」

こんな話はいままで誰にもしたことがない。しゃべりすぎたようで気恥ずかしかったが、サイはまったく動じていないようだった。

「中には、子どもの苦手な男もいるんだ」サイは言った。彼はリサを気の毒に思った。彼女は子どもができたことをこんなによろこんでいるのに、なんてことだ。サイはリサと一緒にテーブルについた。もしかしたら、彼女は胸の内をすべて吐きだしてしまいたいのかもしれない。「話を続けて」彼はリサをうながした。「何もかもしゃべってしまうといい。僕は口のかたい男だよ」

「わかってるわ」リサはため息をついた。「コーヒーをいかが？　カフェインレスのしかないけど」

「カフェインレスは嫌いだが、いただくよ」

リサはほほえんで立ち上がった。そして、コーヒーの支度をして白いマグをふたつ用意した。コーヒーをいれてもう一度椅子に座り、マグを取り上げるサイの左手をじっと見つめる。「その腕の火傷《やけど》、まだ痛むの？」

「以前ほどじゃない」サイはこともなげに言った。

「あなたも、話し相手がいないの？」

「僕はバーで愚痴をこぼすタイプじゃない。ただひとり友人と呼べるのはエブだけだが、彼はもう結婚してしまったからね。昔のようなわけにはいかないさ」

「内側にため込むのはいけないわね」リサはぼんやりとつぶやいた。「結婚したときは、みんながわたしのことをうらやんだのよ。危険を愛するセクシーな男性と、おとぎばなしみたいな結婚をしたって」リサは皮肉っぽく笑った。「わたしも最初はそう思っていたの。でも、幻想はあっと言う間に消え失《う》せたわ！」

「僕もそうさ」サイはあっさりと言った。

リサはテーブルの上に身を乗りだした。「でも、あなた、新婚初夜の営みは、暗闇《くらやみ》の中で服を着たまますするものだとは思っていなかったでしょう？」

サイは声をあげて笑いだした。こんなふうに笑ったのはいつ以来だろう……思いだせない。リサの瞳が楽しそうに躍っている。サイは、彼女のかもしだす明るい空気に無性に惹《ひ》かれた。

リサはにこっと笑った。「もっと笑えばいかめしくなくなるのに。それと、わたしに打ち明け話をするつもりなら、念のために言っておくわね。わたしは卒業旅行で親友がしたことを、これまで誰にもしゃべってないわ。だからあなたにも言わないわよ」

「ショッキングなことなのかい？」

「ジェイコブズビルの基準ではね」リサはくすくす笑った。

「きみ自身は、人が目をむくようなことをした経験はないのかい？」

「とんでもない」彼女はきっぱりと言った。「わたしは良識を絵に描《か》いたような人間なのよ。パパはいつも、おまえは世界一の良識派だって言ってたわ」彼女の瞳が暗く陰った。

「パパは畑仕事をしている最中に脳卒中で亡くなったの。お昼に家へ戻らないから、わたしが探しに行って見つけたのよ。木に寄りかかって座ったまま冷たくなっていたわ」リサは身震いした。「ママはわたしが小学六年生のときに癌《がん》で死んだの。パパはママをとても愛していたし、わたしのことも愛してくれた」彼女は悲しみに満ちた目を上げた。「ウォルトはわたしのことを気の毒に思って結婚を申し込んだのよ。彼も愛する女性と別れたばかりだったの。その女性を見返すために、わたしと結婚したんだと思うわ。はじめはわたし、彼にすっかりのぼせ上がっていたのよ。彼もわたしに好意を持ってくれていたわ。何より、わたしには牧場がついてきたしね。結婚を成功させる条件はそろっていると思ったの」リサはまたため息をついた。「あと知恵とはよく言ったものよね」

サイは椅子の背にもたれかかってリサを見つめていた。「きみは気つけの酒みたいな人だな」やぶからぼうに、彼は言った。「ときどき舌にぴりっとくるが、僕はきみと一緒にいるのが好きだよ」

「ありがとう、と言っておくわ。ところで、例の酒づけのカウボーイはどうなったの?」

「ルークの奥さんが、ああいう人たちをケアする施設に送ってくれるそうだ」サイはひとり言のようにつぶやいた。「彼女は真の世直し改革派だな」

「彼女のことは噂《うわさ》に聞いているわ。とてもやさしい人みたいね。うちの牧場が軌道に乗ったら、わたしも彼女を手伝いたいと思っているの」

「ここにも世直し志願がいたわけだ」彼はからかった。

「世の中には助けを求めている人がたくさんいるわ。でも、そういう人たちに手を差し伸べる人間は本当に少ないんですもの」

「きみの言うとおりだ」

「ところで、使用人小屋に代わりの人を送ってくださってありがとう。とてもいい人ね。彼、刺繍《ししゅう》が趣味なのを知ってた?」

サイはうなずいた。「ネルスは品評会に出品するほどの腕前なんだ。うちでは誰もやつからはね」

リサは楽しそうに笑った。「わたしは編み物をするの。ひとりのときに気がまぎれるわ」

「きみは大抵ひとりじゃないか」彼は静かに言った。「週に一、二度、仕事のあとで僕の家へ来ないか？　一緒にテレビでも見て過ごせばいいさ」

リサの心臓が飛び跳ねた。サイが誰かにこんな申し出をするのは、はじめてのことに違いない。彼は極端に用心深い、手負いの狼《おおかみ》のような男なのだから。「お邪魔じゃないの？」

彼は首を振った。「僕も大抵ひとりでいる。きみや赤ん坊が話し相手になってくれればうれしいよ」彼は淡々と言った。「きみは夫を亡くし、僕は家族を亡くした。僕はきみに手を貸したいんだ。下心はまったくない。友人としてつきあいたいだけだ」

リサは心を動かされた。町の人々はサイに近寄りがたさを感じて距離を置いている。その彼がこんなことを言いだすのは、わたしに純粋な好意を持ってくれている証拠だ。「ありがとう。お受けするわ」

彼はコーヒーのマグを置いた。「僕たちのどちらにとっても、過去を思いわずらう時間が減るのはいいことかもしれない」

「あなたも、ひとりになると考えるの？　もしもって……」リサは最後まで言わずに口をつぐんだ。

「ああ」彼はうなずいた。「もしも、僕が煙のにおいにもっと早く気づいていたら。もしも、ロペスの魂胆を見抜いていたら……とね」

「わたしは、もしも、こんなに早く妊娠しなかったらって考えるの」リサは打ち明けた。「でも、妊娠したことを後悔しているわけじゃないわ。本当よ」

サイは彼女の茶色の瞳にじっと見入っていたが、意志の力で無理やり視線をそらした。そして、腕時計に目を落として顔をしかめた。「いけない、忘れるところだった！　今朝は銀行の人と会う約束があるんだ。コンバインを買い替えるんで、再融資を受ける必要があってね」サイは立ち上がった。「ベッドに酔ったお客がいたこと以外に、何か問題は？」

彼はからかい半分に尋ねた。

リサはじろりと彼をにらんだ。「わたしがあの人をあそこへ寝かせたわけじゃないわ！」

彼はリサの全身に視線を走らせ、ゆっくりと口もとをほころばせた。「あの男も惜しいことをしたな」

「下品な人はもうお帰りになって」リサも立ち上がった。「それに、言っときますけど、わたしを誘惑しようったって、そうはいきませんからね。わたしは難攻不落なんだから」

「本当に？」サイは眉をつり上げた。「事実かどうか、確かめてみようか？」彼はリサに近づいた。

リサは赤くなって一歩下がった。「やめて」

サイはくすくす笑いながら、帽子を手に取った。「あとずさらなくてもいい。僕はちゃんとお行儀よくしているよ。ところで、ドアにはいつも鍵《かぎ》をかけておくんだ」彼は真顔になって言った。「万一にそなえて、うちの連中がきみの身辺に目を光らせている。だが、非常の際には、すぐ僕に連絡をくれ」

「わかってるわ。どうもありがとう」

「きみの車、ウォーターポンプが壊れてるんだったね。うちの者に修理させよう」

リサは驚いて目をみはった。「でも、そんなことしてくれる必要ないのに……」

「必要がないのはわかってるさ。だが、車なしでは困るだろう。特にいまは」

他人からほどこしなど受けたくない。でも、誘惑は大きかった。いまの彼女には、小さな部品ひとつ買う余裕もないのだ。「ありがとう」リサはかたい口調で礼を言った。

サイは冷静な目で彼女を見つめた。「礼にはおよばない。僕はきみの面倒を見るつもりだ。赤ん坊の面倒も」

不思議な高揚感がリサの全身を包んだ。これまで誰に対してもこんなふうに感じたことはなかった。

「やましい動機で言ってるんじゃないんだ、リサ」サイははじめて彼女の名前を呼んだ。

「だったら、どうもありがとう」リサは心から礼を言った。「代わりに、あなたが病気になったら、わたしが世話をしてあげるわね」

急にサイの鼓動が速くなった。こんな申し出を受けたのは生まれてはじめてだ。妻はお世辞にも思いやりのある女性とは言えなかった。リサのやさしい心づかいに、サイはみぞおちを殴られたほどの衝撃を受けた。

「あなたが病気なんかしないのはわかってるわ」サイの険しい表情に、リサはあわてて言いそえた。「でも、万が一そういうことになったらって話」

彼がゆっくりとうなずく。リサはほっとしてほほえんだ。

サイは実に久しぶりに、口もきけない状態で外へ出た。

走り去る彼の車を見送りながら、リサは複雑な気持ちでポーチにたたずんでいた。彼に甘えすぎてはいけない。わたしは夫を亡くしたばかりなのだ。きっと町の人たちが噂するだろう。その一方で、リサは孤独と不安を感じていた。彼女はマニュエル・ロペスについてウォルトが言っていたことを思いだした。ロペスは自分に仇《あだ》をなした人間を決して許さない。背筋に悪寒が走った。連中はウォルトを殺した。その上、家族をも皆殺しにするつもりかもしれない。赤ん坊に危害を加えさせてなるものですか。リサは平らな腹部に手をあてた。

彼女の表情がなごんだ。「わたしが必ずあなたを守ってあげますからね」

サイはどんなふうに赤ん坊に接するのだろう。リサのほほえみが広がった。彼女は家の中に戻ってドアにしっかり鍵をかけた。

サイは地元の業者に頼んで、レッカー車でリサの車を自分の家まで運ばせた。そして、牧場で専門に機械修理を担当している男に修理をまかせた。ハーリーも機械には強い。だが、サイは自分にもよくわからない理由で、ハンサムな牧童頭のハーリーをこれ以上リサに近づけたくなかった。

サイは銀行へ行って融資の担当者と話をし、その足でエビニーザの家を訪れた。

エビニーザは玄関でサイを出迎えた。

「最近、どんな調子だ?」サイは新婚の友人に尋ねた。

エビニーザはにんまりした。「人生の墓場がこんなに居心地のいいものだとは知らなかったよ」彼の瞳は陽気に輝いていた。「そっちこそ、どんな調子だ?」

「中へ入ろう」サイは友人に言った。「二、三、気になることがあるんだ」

エビニーザはサイをキッチンへ案内した。「サリーは学校なんだ。ろくなものは出せないが……」

サイは片手を上げた。「ありがたいが、時間がないんだ。聞いてくれ。僕の地所の続きに新しく倉庫が建って、養蜂《ようほう》業者が蜂《はち》を飼いはじめた。ずいぶん忙しい仕事のようで、暗くなってから小型のバンが何台も出入りしている。どう見ても養蜂業者とは思えない連中だ。それに……」彼はつけ加えた。「軽機関銃を見かけた」

「軽機関銃で武装した養蜂業者か」エビニーザは考え深げにつぶやいた。「よほど凶暴な蜂でも飼っているんだな」彼は自分の言葉ににやりとした。「サリーの家族を狙《ねら》うのに失敗したから、ロペスもおとなしくなるかと期待していたんだが」

サリーとその叔母ジェシカ、そしてジェシカの息子のスティービーは、麻薬王ロペスの報復の標的にされたのだ。幸い、ロペスのくわだては失敗に終わった。

「ロペスは新たな麻薬の中継基地を欲しがっている。メキシコ湾に近いテキサスの田舎町なんか、絶好の場所だろう」

「だが、やつは僕たちがここにいることを知っているはずだ」サイは指摘した。

「やつが知ってるのは僕のことだけさ。地元の人たちは誰もきみの過去を知らない。それに、ロペスはサリーの家族から手を引きさえすれば、僕はしゃしゃり出てこないだろうと踏んでいるんだ」

「気に入らないな」

「僕もだ。だが、その倉庫を通して取り引きされているのが、蜂蜜《はちみつ》でなく麻薬だという証拠がいる。証拠がなければ、我々は何もできないぞ。合法的なことは何もな」とエビニーザはつけ加えた。

「国に楯《たて》突くつもりはないさ。国外に追放されたくはないからな」サイはきっぱりと言った。

エビニーザはため息をついた。「僕らも年をとったもんだ」

「年をとって無茶はできなくなったのさ。マイカ・スティールにロペスを追わせたらどうだ。彼はナッソーに住んでいるんだし、あらゆる場所につてがある。アメリカから追いだされても、どうってことはないだろう」

「あいつの父親と義理の妹がここに住んでいるんだ。ふたりの身に危険がおよぶようなことはしたがらないはずだ」

「だが、聞くところによると、その父親と義理の妹は、マイカを憎み抜いているそうじゃないか。それでも、マイカはふたりのことを気にするかな?」

「ああ、僕はそう思う。あいつは一度、和解のために父親を訪ねたことがあるんだ。だが、向こうは息子と会おうともしなかった。マイカは傷ついているよ。それに、あいつが義妹のキャリーを見る目にも僕は気づいてる」

「だったら、なぜあいつはナッソーなんかに住んでいるんだ?」

エビニーザは用心深く後ろを振り返った。「マイカはいま、僕が頼んだ仕事でここに来ているんだ。言葉には注意してくれ。あいつの機嫌を損ねたくはないからな」

サイは椅子の背に寄りかかった。「みんな、それぞれに背負う十字架があるってことか」

彼は目を細めて友人を見た。「ロペスはリサに手を出すと思うか?」

「その可能性はある」エビニーザは答えた。

「実は、僕もそう思う。このところ、ネルス・コールマンを彼女の牧場の使用人小屋に寝泊まりさせているんだ」

「ネルスなら知ってる。使える男だ」

「ああ。だが、ロペスたちの相手じゃない。きみのところの連中だったら勝負になるがな」

エビニーザはうなずいた。「そのくらいの連中を集める必要があるんだ。政府がらみの仕事を引き受ける場合もあるし、これからはサリーのことも考えなきゃならない。ガードをゆるめるわけにはいかないのさ」

「気づかうべき女性なんて、僕にはもうずっといなかったな」サイは考え深そうな目をしてつぶやいた。

「リサはいい娘だよ」エビニーザは言った。「赤ん坊が生まれたら、きっとめろめろだな」

「ああ」サイも笑ってうなずいた。「あそこまで頑固でなければいいんだが。今朝、彼女の家に寄ってみたんだ。そうしたら、産気づいた母牛から子牛を引っぱりだそうとしていた」

エビニーザは低く笑った。「結婚前の武勇談を聞かせたら、きみの髪は真っ白だな」

「ほかにも何か、しでかしたのか?」

「たとえば、そうだな」エビニーザは唇をすぼめた。「保護協定の結ばれた土地で、樫《かし》の大木をなぎ倒そうとしたブルドーザーの前に、彼女が立ちはだかったことがある。それに、移民を雇わないレストラン・チェーンの前にピケを張ったり……」

「おおよそのところはわかった」サイはつぶやいた。

「リサとウォルトが結婚したときには、みんな驚いたものさ。ウォルトは仕事の邪魔になるしがらみをいっさい欲していなかったから。彼が生きていたとしても、子どもが生まれたらあの結婚は終わりだったな。彼は、子どもは欲しくないと口癖のように言っていたんだ」エビニーザは首を振った。「ウォルトがリサと結婚したのは、前の恋人にふられた反動だというのが一般的な見方だった。それに、リサへの同情もあったんだろう。彼女は父親を亡くして、たったひとりになってしまったから。結婚後も、ウォルトは目についた美人を片っ端からくどいていた。リサは自分の殻に閉じこもり、夫を避けるようになった。とは言え、ウォルトは結婚していた二カ月間、ほとんど家に寄りつかなかったんだがね。彼は結婚した直後に囮《おとり》捜査を買って出たんだ。そして、ロペスに紹介されたその日に殺されてしまった」

「ロペスたちは、彼が何者か知っていたわけか」

「そのとおりだ。ロペスの組織にはいま、ロドリゴが潜入している。あいつの正体がばれない理由はただひとつ、あいつがれっきとしたメキシコ人で、何年もロペスのために働いているいとこがいるからだ。そのいとこは決してロドリゴを裏切ったりしない」

「運のいい男だ」サイは言った。「ロドリゴが組織の手で始末されないことを祈るよ」

「僕もそれを祈ってるんだ」エビニーザは心配そうに言った。「ロドリゴは囮捜査にかけてはぴか一だ。ロペスに引導を渡せる人間がいるとしたら、おそらくあいつだろう。だが、差しあたって、僕らはリサの身の安全を確保しなくては」

サイは考え込みながら言った。「リサは思いやりのある女性だ」

「思いやりがあって、しかも世間知らずだ」エビニーザは言った。「リサにはこれから友人が必要になる。ロペスのことを別にしても、彼女ひとりでは牧場を管理するのは無理なんだ。カウボーイがふたり、手伝いとして雇われているが、あいつらはリサの言うことなんか聞きやしない。おまけに、リサは家畜の売り買いに関しては素人同然ときている」

「父親が教えなかったのか？」

「とんでもない」エビニーザは笑った。「あそこの親父《おやじ》さんは、女性にも脳みそがあるなんて思っていなかったのさ。亡くなる日まで、何もかも自分ひとりで仕切っていたよ。ウォルトは親父さんの葬式の日にリサにプロポーズして、そのあとすぐ結婚したんだ」

「リサは父親を愛していたんだろう」

「ああ。だが、親父さんは十九世紀の人間だった」エビニーザは首を横に振った。「あの牧場の経営は火の車だ。リサは結局、何もかも手放すことになるだろうな」

「なんなら、僕があそこを買い取ってもいい。リサに家を貸して、うちの連中に牧場の仕事をやらせるんだ」

エビニーザは大きく顔をほころばせた。「そいつはいいアイディアだ」彼はテーブルに身を乗りだした。「その養蜂業者とやらについては、日が暮れてから誰かをこっそり見に行かせたほうがいいな。扱っているのは本当に蜂蜜か、確かめるんだ」

「ああ。ロペスが本気であそこを麻薬の中継基地にするつもりなら、何か策を練る必要がある」そう言って、サイは立ち上がった。

「背中に気をつけろよ」

サイは笑った。「僕はいつだって気をつけてるさ。じゃあ、またな」

サイが自宅に戻ると、前庭でハーリーが、高価なピックアップ・トラックに乗った外国人らしい男と話をしていた。サイは車のエンジンを切り、男の車を観察した。向こうから来てくれるとは大助かりだ。ロペスの幹部の顔をおがめる上、こっちの思惑についても相手を煙にまくことができる。

「ヘイ、ボス。お客さんですよ」ハーリーがにこやかに言った。「ミスター・モントーヤは蜂蜜の輸出をしておられるんですって。うちの隣の地所に越してきたんで、挨拶《あいさつ》に寄ったんだそうです」

サイは無言で車を降りると、わざと左腕をかばいながらピックアップ・トラックに近づいた。

「はじめまして、ミスター・モントーヤ。うちの連中から、隣に倉庫が建ったことは聞いていました」サイは心配そうな表情を作った。「ただ、牛たちが蜂に刺されるようなことになったら困るんですよ。問題が起きないように、そちらでちゃんと管理してくださるんでしょうね」

男の眉が上がった。この牧場主はどうして敵意をむきだしにしてこないんだ。まさかこっちが何者か知らないのか？　彼は黒い目を考え深げに細めた。このパークスという男は左腕が不自由らしい。おまけに極端な心配性だ。ロペスはこの男が我々の仕事の邪魔をするのではないかと心配していたが、それは取り越し苦労だろう。過去はどうあれ、いまのこいつは単なる負け犬だ。モントーヤは警戒を解いてサイに笑いかけた。「ご心配にはおよびません。うちの管理は万全ですから。おたくの家畜に被害を与えるようなことは決してありませんよ」

サイは黙って相手を見つめていたが、やがて納得したようにうなずいた。その脇《わき》ではハーリーが雇い主の態度に目をむいていた。いつものミスター・パークスなら、誰が訪ねてきてもむっつりと無愛想な顔をしているのに。それに、左腕をかばうのもボスらしくない。

「お会いできてうれしかったですよ、ミスター・パークス」モントーヤは愛想よく言った。

「わざわざ出向いてくださってありがとう」

「どういたしまして。では、ごきげんよう、セニョール」モントーヤは今度はわずかにさげすみのこもった笑みを浮かべ、トラックを出した。サイは厳しい表情で、走り去るトラックを見送った。

ハーリーが首を振り振り口を開いた。「今日はどうかしたんですか、ボス?」

サイは彼を振り返った。「いまのは、何者だと思う?」

「何者って、新しいお隣さんでしょう。わざわざ挨拶に来るなんて、律義な人ですよね」

そして、彼は顔をしかめた。「腕が痛むんですか?」

「いや、まったく」サイはハーリーの様子を眺めた。「新しい隣人について、何か気づいたことは?」

ハーリーはその質問に面食らった。「ええと、ラテン系でしたよね。すごく人あたりのいい……」

「やつは絹のスーツを着て、ロレックスの腕時計をはめていた」サイは平板な口調で言った。「運転していた車は最新型の特注品だ。それだけの金を、蜂蜜を売って稼いだと思うのか?」

ハーリーは目をみはった。ときどき、うちのボスはこっちが肝をつぶすようなことを言いだす。そして、ハーリーは眉を寄せた。兵士として専門の訓練を受けたこの僕が気づかないことを、どうしてボスは気づいたんだ？

「あいつはロペスの組織の幹部だ」サイはあっさりと言った。ハーリーの目が丸くなる。「例の倉庫の近くまで、家畜の散歩を装って行ってみてくれないか。双眼鏡を持ってな。ただし、こっそりとだ。二、三日、出入りする人間を見張っててくれ」

「でも、どうして僕にそんな？」

「エブに言ったんだろう。ロペスの監視を手伝いたいって」

「ああ、わかりました。ミスター・スコットが、僕を使えとボスに言ってくれたんですね」ハーリーはよろこび勇んで言った。「もちろんです。ぜひ、やらせてください！」

「くれぐれもけどられないようにな。見張られているとわかったら、連中は容赦なくおまえを消すぞ」

「大丈夫ですって。ちゃんと心得てますから。車のナンバーや、出入りするやつらの人相も注意して見ておいたほうがいいですかね？」

「ああ。特にトラックに気をつけてくれ」

「わかりました」

「それと、このことをべらべらしゃべって歩くんじゃないぞ」サイはハーリーに釘《くぎ》をさした。

ハーリーはくすくすと笑った。「誰にもしゃべったりしませんよ」

サイは大股に歩いて家へ戻った。さっきの男は、おそらくロペスの下で働くこの地区の責任者だろう。

ロペスは養蜂業者の隠れ蓑《みの》を使って、まんまとこの町に入り込めたと考えているはずだ。

だが、サイは早晩、やつの足をすくってやるつもりだった。

3

翌朝、修理のすんだ赤い小型車を、ハーリーがリサの家まで届けてくれた。サイは自分の車に乗って、その後ろからついてきた。

「エンジンがこんなにいい音をたてるなんて！」リサは大よろこびだった。「ありがとう、ハーリー」

「どういたしまして、マム」彼は帽子を胸にあて、うやうやしくお辞儀をした。「でも、実を言うと、僕は運んできただけなんだ」

リサは笑った。それを見たサイは、不機嫌に眉を寄せた。リサとハーリーは年が近い。それに、ハーリーは兵士としての能力を誇示したがる点を除けば、本質的に正直で勤勉な若者だ。いったいリサはいくつなんだろう。サイはふと思った。まあ、いくつだろうと、ハーリーとうまが合うくらいに若いのだ。年をとった皮肉屋の元傭兵《ようへい》なんかよりずっと……。

「ふたりとも、中でコーヒーを飲んでいかない？」リサが誘った。

「いただこう」サイは言った。「ハーリー、おまえはここの手伝いの連中を見つけて、仕事をするようにはっぱをかけてこい」

「わかりました、ボス」ハーリーはうれしそうににんまりすると、すぐにその場を立ち去った。

リサはサイに憤りに満ちた目を向けた。

「さあ、言えよ」サイはけしかけた。「今度雨が降るまでに、牧草は残らず干し草になっているはずだって。生まれた子牛にはもう焼き印を押したって」

リサは真っ赤になった。手伝いとして雇っている男たちは、リサがやってほしいと思う仕事などまるでやらなかった。それでも一度、指示された仕事をするよう強く言ったことがある。だが、かえって男たちに辞めると脅され、リサはそれ以上言うのをあきらめてしまった。

「連中もハーリーになら従うはずだ」サイは言った。

リサは怒りに燃える目で彼をにらんだ。

「わかってるさ」サイはリサの気持ちを代弁した。「古い時代はもう終わったって言うんだろう？　男と女は平等で、たとえ雇い主が女だろうと、雇われた側はきちんと仕事をする義務があるって」

リサは唇を結んだままうなずいた。

サイはうなるように言った。「だったら、原始人並みに頭のかたい連中を雇うのはやめるんだな！」

「パートタイムで働いてくれる人たちが、ほかに見つからなかったのよ」

「職業紹介所へ行って探してみたのか？」

それは思いつかなかった。わたしったら、なんてばかなの。自分を蹴飛《け》ばしてやりたいくらいだわ。

「いいえ」リサは正直に答えた。

彼はほほえんだ。「きみは押しが足りないんだ」

「なんですって？」

「頭のかたい男たちを雇うんだったら、鞭《むち》を片手に命令してまわるべきなのさ」

「つまり、あなたみたいな地元の生きた伝説になれってことかしら。だとしたら、あまり気が進まないわ」リサはいたずらっぽく目を輝かせながら言った。

「そのほうがましだとは思わないかい？　酔っ払いを首にできない心やさしいリサでいるよりは」

「サイ！」

サイはにやにやしている。リサは威嚇するようにこぶしを握った。「そのほうがいい。ぐうたらな男たちに仕事をさせるときは、決して笑顔を見せちゃいけない。そして、頼むんじゃなくて命令するんだ。そうすれば、少しはましな結果が得られるはずだ」

サイの言うとおりだった。リサのこれまでのやり方では、どんな結果も得られなかった。わたしは逆立ちしたって鬼軍曹というタイプではない。でも、そのせいで牧場がこんなに荒れ果ててしまったのだ。「あなた、もう一箇所、牧場を買うつもりはないわよね？」リサは冗談半分に尋ねた。ところがサイは、あるよと即答してリサを驚かせた。「まあ」リサは唖然《あぜん》としてサイを見上げた。

「代金は今の市場価格で払う。家はきみに貸すよ」

「この牧場はあまりいい状態じゃないのよ」リサは率直に言った。

「いい状態になるさ。きみさえよければ、明日にでも弁護士に書類を作らせよう」

「よろこんで、サインさせてもらうわ」

「査定についても僕が手配する。きみはもう、何も心配する必要はないんだ」

「パパがあんなに頑固でなかったらよかったのに」リサはつぶやいて、サイと家に入った。

「うちのパパは、女の居場所はキッチンだと考えていたの」

「料理はできるのかい？」

「とりたてて上手ではないけど、食べられるわよ」

リサはコーヒーのマグをサイに渡した。彼はリサの目の下に濃いくまができていることに気づいた。「眠れないんだね？」

リサは肩をすくめた。「まだショックから立ち直っていないんだと思うわ。わずか二カ月ほどの間に、結婚して、夫を亡くして、その上、妊娠していることがわかったんですもの」

彼はコーヒーをすすりながらリサの様子を観察した。「ほかには問題はないんだろう？」

「ないわ。どうもありがとう」リサはほほえんだ。「それに、車の修理のこともお礼を言うわ。古い車を持つのは、お金持ちか、機械に詳しい人でないとだめなのね、きっと」

「ああ、そうだ」サイはうなずいた。「だが、きみのブリキ缶なら、僕にまかせてくれ」

「あの車はブリキ缶なんかじゃないわ。いい車なのよ。少なくとも、乗るのにはしごは必要ないもの」

サイはほほえんだ。「きみのために、僕の車に踏み台をつけなきゃいけないな」

リサの胸にあたたかいものが込み上げた。いまのがただの軽口なのはわかっていたけれども。

「オペラは好きかい？」唐突に、サイが尋ねた。

リサは目をしばたたいた。「え、ええ……」

「《トゥーランドット》は？」

「プッチーニならなんでも好きよ。どうして？」

「ヒューストンの劇場で、いま上演しているんだ。一緒に行けないかと思って」

夢を見ているみたいだ。リサはぼうっとした顔でほほえんだ。「行きたいわ」だが、ふいに表情を曇らせ、サイから目をそらした。「やっぱり、やめておくわ」

「最近はオペラを観《み》るのにドレスアップする必要はないんだ」サイはリサの考えを読んだかのように言った。「学生なんか、ジーンズで行くんだよ。日曜日の晴れ着なら持ってるだろう」

「ええ」リサは神経質に笑った。「どうしてわかったの？　わたしがドレスのことを考えてるって」

「テレパシーさ」サイはつぶやくように言った。

リサはため息をついた。「そういうことなら、ぜひご一緒したいわ。ありがとう」

サイはコーヒーを飲みほした。「では金曜の夜だ。失礼して、ハーリーの様子を見てくるよ」彼は立ち上がったが、すぐには出ていこうとせず、ためらいがちに切りだした。「最近、この辺で気になることが起きてるんだ。きみをこわがらせたくはないが、ロペスの手下が町に出入りしてる。ドアに鍵《かぎ》をかけて、見おぼえのない連中には十分注意してくれ」

「いつもそうしているわ」リサは請け合った。

「銃は持っているかい？」

彼女はにやっとした。「いいえ。でも、子犬がいるわ」

「子犬は何か起きたらベッドの下に逃げ込むだけだ。夜には使用人小屋にネルスがいる。あいつは銃を持っているから、きみは大声をあげるだけでいい」

「ロペスは本当にわたしを狙《ねら》ってくるかしら」

「わからない。だが、僕は用心深いたちなんだ」

「わかったわ。できるだけ気をつけるわね」

「金曜の夕方五時ごろに迎えに来る。いいかい？」

リサはうなずいた。「支度しておくわ」リサは彼を送って外へ出た。そこで、眉を寄せて彼を見上げた。「サイ、やっぱり早すぎないかしら？」

「夫を亡くして、まだそれほどたっていないのにっていうことかい？」サイは首を振った。「何も深刻に考えることはないさ。ちょっとオペラを観に行くだけだ。その程度なら、噂《うわさ》にもならないだろう」

「ええ、そうね」リサは小さくほほえんだ。「じゃあ、金曜日に。あの……どうもありがとう」

「僕も人恋しくなったんだ」サイは驚くほど率直に認めた。彼はリサにもう一度ほほえみかけると、ハーリーを捜しに行った。

ハーリーは唇をへの字に曲げ、腹だたしそうな顔で納屋から大股に出てきた。「この牧場はほったらかしもいいところですよ」彼は開口一番そう言った。「牧草は刈ってない。とうもろこしの収穫もすんでない。子牛には焼き印さえ押してない。ミセス・モンローが雇ったのはどういう連中なんです?」

「なまけ者どもだな。どう見ても」サイはかたい口調で言った。「ここの連中に知らせてきてくれ。リサはこの牧場を僕に売ることになった。うちから新たに四人、ここへ来て働く予定だってな」

「そいつはいいや。彼女は牧場経営のことをあまり知らないようですからね」

「リサの父親は、女性には牧場を切りまわす頭がないと思っていたらしいな」

「ばかな親父《おやじ》さんだ」ハーリーは言った。「うちのおふくろなんか、帳簿を一手に管理してましたよ」

「ああ。だが、リサはこの仕事を好きでやっているわけじゃない。牧場経営というのは、たとえ熱意があっても大変なものだからな」

ハーリーはうなずいた。「それじゃあ、僕はここの連中にいまの話を伝えて、仕事にかからせます」

サイは彼を引きとめた。「その前に、ゆうべ例の倉庫で見たものを教えてくれ」

「たいしたものは見ませんでした」ハーリーは言った。「ただ、こちら側の地所にいたにもかかわらず、ライフルを持った男に呼びとめられて名前をきかれました。牛を連れていってよかったですよ」彼はにやりとした。「ここら辺に毒のあるロコ草が生えて困ってるんだと言っておきました。そうしたらその男、おとなしく柵《さく》の向こうへ戻っていきましたよ」

「証拠を見せろと言われなくて、運がよかったな。僕の土地にはロコ草は生えていないから」

「生えていますよ」ハーリーはひとり言のようにつぶやいた。「何株か植えておきました。また呼びとめられたときの用心に。これでもう、連中は僕に注意を払わないでしょう。万が一、証拠を探して歩きまわったとしても……」彼はにんまりと笑った。「ちゃんとロコ草が見つかるわけです」

サイはほほえんだ。「おまえは僕の宝だな」

「気がついてくれてうれしいですよ、ボス」

次の朝、サイは土地売買の件でジェイコブズビルの弁護士事務所を訪れた。ブレイク・ケンプは、背の高い三十代の弁護士だ。

「モンロー家の土地を僕が買い取ることになった」サイは前置きなしで切りだした。

「リサは賢明な判断を下したな」ブレイクはリサの決断をほめた。「きみにとってもいい話だ。隣り合った地所なわけだから」彼は形のいい唇をすぼめた。「合併を検討しているのは土地だけかい？」

　サイは目を細めた。「彼女は二週間前に夫を亡くしたばかりだ」

　ブレイクはうなずいた。「知っているよ。だが、彼女の身の上では家賃を払うのもひと苦労だろう。なにしろ、仕事もないんだから」

　サイは冷静な表情で弁護士を見つめた。

「そうだな。受付なら置いてもいいかな」ブレイクは言った。「僕のアシスタントはキャリー・カービーなんだが、彼女ひとりに、ここの仕事を何もかもやらせるわけにはいかないからね」

「キャリーと一緒に働いていた娘はどうしたんだ？」サイは尋ねた。

「グレッチェンはモロッコへ行ってしまったよ。悪い男に夢中になって、結局そいつに捨てられてね。新天地を求めて旅立ったわけさ。だから、グレッチェンのあとがあいているんだ」

「僕からリサに言っておくよ。ありがとう」

　ブレイクは肩をすくめた。「この町の人間はみんなリサが好きなんだ。彼女がいま、いろいろと大変なのはわかっているからね」

　オペラの夜、リサを迎えに来たサイは、紺色の上着と黒のスラックス、それに白いシャツを着ており、とても品があってハンサムに見えた。リサは彼がディナージャケットを着ていなかったのでほっとした。彼女の衣類の中で一番かしこまった服は、いま着ている簡素なグレーのドレスだったからだ。リサはその上から、彼女の唯一の贅沢品《ぜいたく》である黒い薄手のコートをはおった。髪は凝った形に編んである。そして、目の下のくまを隠すために、いつもより丹念に化粧をした。最近、眠れない夜が続いている。ウォルトのせいばかりではない。体調の不良が、リサを不安にさせていた。近いうちに、どうしてもお医者さまに診てもらわなくては。なんでもないのかもしれないが、妊娠中のいまは大事をとったほうがいい。

「なかなかいいじゃないか」サイはリサの姿を見てつぶやいた。

「ありがとう」リサはほんのりと頬を染めた。「あなたもすてきよ」

「土地のことで、弁護士と話をしたんだ」リサに手を貸して車に乗せ、エンジンをかけながら彼は言った。「来週、査定の専門家が牧場を見て、評価額を算定してくれることになったよ」

本当は、代々受け継がれてきた牧場が、他人の手に渡るところなど見たくない。けれど、ほかにどんな選択肢があるだろう? リサは力なく笑った。「ウォルトはうちの牧場を一大帝国にしたがっていたの。ここも直したい、あそこも直したいって、それは熱心だったわ。だけど、それを引き継ぐ子どもの話になると、急にそっぽを向いてしまった」

サイはちらりと彼女を見た。「身を粉にして一大帝国を築き上げても、自分が死んだとたんにすべて人手に渡ってしまったら、あまり意味はないんじゃないかな」

「わたしもそう思ったの」リサは膝の上で小さなハンドバッグをいじった。「あなたが買ってくれることになって、よかったのかもしれないわ。あなたなら、きっとあそこを立て直してくれるもの」

「きみはこれまでどおりあの家に住んでいればいいんだ。僕はとてもいい大家さんだよ」

「わかってるわ。でも、仕事は見つけないとね。牧場を売ったお金は、生まれた子どもが大学へ行くときのためにとっておきたいの」

リサには驚かされてばかりだ。「少しは自分のために使わないのかい？」

「必要なものはもう全部持っているわ」リサは答えた。「贅沢をしたいとは思わないのよ。それに、少しは蓄えもあるし。ウォルトが……ウォルトが死ぬ前に、牛を売ったお金が」

「職に就きたいなら、心あたりがあるよ」

リサは、ウォルトのことから話をそらそうとするサイの心づかいを感じた。「本当に？」

「弁護士のケンプが受付に人を欲しがってるんだ。前に勤めていた女性が外国へ行ってしまったそうでね。きみなら大歓迎だとケンプが言っていたよ」

「まあ、なんて親切な人なの！」リサは叫んだ。

「ケンプは誰にでも親切なわけじゃないさ」サイの目つきがなごんだ。「きみは彼に気に入られると思うよ、リサ。善人だからね」

「ありがとう。あなたもだわ」

「ときどきだけどね」

リサは運転席にちらっと目を向けてほほえんだ。「おかしなものね。わたしたちがこんなふうに仲よく話しているなんて。あなたが隣へ引っ越してきたとき、わたしはおびえきっていたのよ。こんなに無愛想な人がこの世にいるのかと思ったわ」

「妻と息子を亡くした直後だったんだ。あのころの僕は、この世のすべてを憎んでいた」

「どうしてここへ越してきたの？」

リサが立ち入った質問をしても、サイは神経を逆立てなかった。ほかの誰かに同じ質問をされたら、とても我慢できなかっただろう。「話し相手が必要だったんだと思う」彼は言った。「エブがここにいた。あいつと僕とは長年の友人なんだ。あいつになら、なんでも話せた」

「わたしにも話してくれていいのよ」リサは言った。「聞いたことは誰にも話さないわ」

サイはほほえんだ。「誰に話すって言うんだい？　きみには親しい友人なんかいないだろう？」

リサは肩をすくめた。「友達はみんな、高校を卒業するとすぐに結婚しちゃったわ。最近までわたし、デートもろくにしたことがなかったのよ。結局、変わり者なのね。ほかの女の子たちが男の子の話をしているときに、わたしは有機野菜の話をしてたんですもの。昔から植物を育てることが好きなのよ」

「春にはきみのために広い畑を用意しなくちゃな」

「うれしいわ。堆肥《たいひ》なら山のようにあるのよ」リサは嬉々《きき》として言った。「においはひどいけど、そのおかげですばらしいトマトができるの」

「僕はあまり野菜を育てたことはないんだ」

「手間はかかるけど、農薬を使わなくてもおいしい野菜ができるのよ」リサはふと、暗い窓の外に目をそらした。「あなたは無農薬野菜なんかに興味はないでしょうけど」

サイは笑った。「知らないのかい？　僕の行く畜産組合の会合には、トレメイン兄弟がいるんだよ」

「まあ」畜産組合の会合で起こるけんか騒ぎの話は、リサも耳にしたことがある。血の気の多いトレメイン兄弟は、農薬や生長ホルモンに絶対反対の立場をとっており、ときどきこぶしにものを言わせて自分たちの主張を押し通そうとするのだ。

「僕もあのけんかが楽しみでね」サイは言った。「うちでは害虫駆除に天敵の虫を利用してるんだ。牧草やとうもろこしには、有機肥料を使っている」彼はちらりとリサを見た。

「なんだと思う？」

「牛からのかぐわしい授かりものでしょ？」

サイは声をあげて笑った。「確かにそういう言い方もできるな」

「うちでも使ってるの。化学肥料よりいいのよ」

有機栽培の話をしていたら、ヒューストンまではあっと言う間だった。

芸術センターの駐車場はすでにいっぱいだった。サイは劇場から少し離れた場所にある駐車スペースに車をとめた。

「大入り満員のようだな」彼はリサを車から助け降ろすと、コートの襟を直してやった。

「とてもやわらかい素材だね。ウールなのかい？」

「マイクロファイバーよ。すごくあたたかいの。このごろテキサスの夜は寒いから、ちょうどいいわ」

「世界中で気候がおかしくなっているからね」サイは三つ編みからほつれた彼女の髪を耳の後ろにかけてやった。その指の動きに、リサの鼓動が速くなった。「今夜は髪を下ろしているかなと思ったのに」

「だって……風でくずれてしまうんですもの」

彼の指は長い巻き毛をもてあそんでから、ゆっくりとリサの喉の線をたどった。その指に、彼女の速い脈を感じる。女性の体を間近に感じるのは本当に久しぶりだ。意志の力だけで保たれている抑制が、はじけ飛びそうだった。サイはリサに一歩近づいた。彼の体とリサの体が正面から向き合う。サイは両手で彼女の首の後ろのやわらかな肌を撫《な》でた。

「僕は妻が死んでから女性に触れていないんだ」彼はかすかにくぐもった声で言った。

リサは街灯の光を受けて輝く彼の瞳をまっすぐに見上げた。心臓が早鐘を打つ。彼の顔に浮かぶ表情は、男性経験の少ないリサには見おぼえのないものだった。サイはウォルトよりはるかに女性に詳しいのだ。リサはそう感じた。

サイは親指でリサのうなじをなぞった。彼女はとてもはかなげに見える。そのはかなさが、かつてないほど彼の中の男を刺激した。サイはリサを守ってやりたいと思った。そんなことを考えたのは生まれてはじめてだった。

リサが何か言おうとして口を開いた。サイはその唇の上に親指を置いた。

「早すぎる」サイは彼女の言葉を先まわりして言った。「もちろん、そのとおりだ。だが、僕は女性の唇の感触に死ぬほど飢えているんだ。ほら」彼はリサの手を取って、シャツの上から自分の胸に押しつけた。リサの手にとどろくような彼の鼓動が伝わってきた。

リサの心は乱れきっていた。足を踏み入れたことのない領域に迷い込んでしまったみたいだ。ウォルトはこんなにあからさまに自分の弱みをさらけだしたりしなかった。

サイはもう片方の手をリサの腰にまわして、ゆっくりと引き寄せた。彼女のやわらかな感触に、彼の体は力強い反応を示した。サイは眉を上げた。

「おやおや、ミセス・モンロー。赤くなってるのかい？」彼はやさしくからかった。

「いやな人ね！」

サイは自分の鼻とリサの鼻をそっとこすり合わせた。「きみは性の充足を知っている女性のようには見えないよ」

図星をつかれて、リサは体をこわばらせた。

サイは顔を上げ、彼女の目の奥を探った。そして、ふたりの体を触れ合わせながら静かに揺すった。

リサははっと息をのんだ。「ああ……だめよ」駆け抜けるよろこびに息をつまらせながら、ささやく。自分が憎かった。夫が他界してまだ二週間しかたっていないのに！

サイは後ろの車にリサの背中をそっと押しつけ、ふたりの体をもっと密着させた。「これは男と女が一緒にする、この世でもっともすばらしい行為だ」彼はリサに唇を寄せながらささやいた。「ウォルトはきみに何ひとつ教えてくれなかったんだ。口を開けて」

ショックにあえいだリサの唇がわずかに開いた。サイはねじ込むように唇を押しつけた。彼のキスは容赦がなかった。その唇は、嚙《か》みつくようにリサの唇をむさぼった。リサは彼の体にしがみつきながら、あとからあとから突き上げてくるよろこびに震えた。はじめて知る感覚の嵐《あらし》に、我知らずかすれたうめき声がもれた。

もう少しで、あと戻りできないところまで行ってしまう。サイは荒々しく毒づきながら頭を上げ、リサから離れた。リサはぼんやりした目で彼を見上げた。その顔は紅潮し、唇はキスのせいではれ、全身がはじめての情熱に震えていた。

サイは石のようにかたい表情で身を起こした。瞳は緑色の宝石のように鋭い光を放っている。

リサの口からはあえぎ声さえもれなかった。

サイはリサの手を取った。「もう行ったほうがよさそうだ」彼は穏やかに言った。

「ええ」リサは彼に手を引かれて歩きだした。自分の足がちゃんと動いていることが不思議だった。

4

《トゥーランドット》はすばらしかった。テノールの歌うアリア、《誰も寝てはならぬ》を聞いたときには、リサの目に涙があふれた。これまでオペラなんてテレビでしか観《み》たことがなかった。この舞台はきっと一生の思い出になるだろう。そして今日のことを振り返るたび、隣に座るサイを思いだすのだ。

一方、サイは駐車場での出来事を苦々しく思い返していた。あんなことになるのは時期尚早だ。リサは夫を亡くしたばかりなんだぞ。それなのに、自制心が吹き飛んでしまった。リサの面倒を見るだけのはずが、なんてことだ。

どうにかして、もとの友人同士に戻らなくては。サイにはリサがさっきの出来事をどう思っているのかわからなかった。リサは彼の隣の席に座って、夢中でオペラに見入っている。駐車場での出来事に腹を立てているとしても、そんなそぶりはまったく見せなかった。サイはリサのうめき声と、彼にすがりつく腕を思いだした。そうだ。彼女も僕と同じくらい求めていた。だが、やはり僕と同じく、起きてしまったことを後悔しているのだろう。

ふたりの間に生まれた友情を危うくする前に、僕が身を引くべきだった。リサは触れてはいけない女性なのだ。

リサはサイの険しい横顔を盗み見た。彼はさっきの出来事を後悔しているのだろうか。男というのは無性に人肌恋しくなることがある。リサも、それくらいは知っていた。サイはきっと、わたしにどう言おうか迷っているのだ。彼はわたしに惹《ひ》かれているわけじゃない。女なら誰でもよかったのだろう。

リサはサイをわずらわせないようにしようと決めた。彼はすでに十分すぎるほどわたしによくしてくれた。サイにウォルトの身代わりを期待することはできない。もっとも、ウォルトはわたしに情熱を感じたことなどなかったのだろうが。ふたりの間には、燃えるような情熱は存在しなかった。恥ずかしくてたまらない。駐車場でのサイとのキスのほうが、夫としたどんなことよりも刺激的だったなんて……。

最後の幕が下り、盛大な拍手がわきおこった。リサははっとして自分も手をたたいた。

「すばらしかったわ」出口に向かいながら、彼女はサイに言った。

「ああ、そうだね」サイは笑顔であいづちを打った。「僕はあちこちの都市で劇場に足を運んだが、このオペラは何度観てもあきないんだ」

「メトロポリタン歌劇場にも、行ったことがあるんでしょうね？」リサはうらやましそうにきいた。

「何度かね」サイはうなずいた。

リサは名門オペラハウスにいる彼を想像してみた。もちろん、連れは美しい女性だ。オペラのあと、ふたりはホテルの暗い部屋に消えて……。リサはごくんと唾《つば》をのみ、そんな想像を頭から追い払った。

サイはリサの緊張が急に高まるのを感じた。彼女は小さなバッグをぎゅっと手につかんでいる。

車のところへ戻ると、サイは助手席に乗り込もうとするリサを引きとめた。

「さっきはすまなかった」彼は静かな口調で言った。「気まずい思いをさせてしまったね」

サイのまなざしを受け止めて、リサはぶっきらぼうに言った。「気まずい思いをさせたのは、わたしのほうかと思ったわ」

ふたりはそのまま見つめ合った。リサによって火をつけられた欲望に屈しまいとして、サイの顔が険しく見えるほどゆがんだ。

「かわいそうに」リサはかすれた低い声で言った。「あなた、寂しいのね、サイ。ほんの少しの間だけ、誰かを抱きしめていたかったんでしょう」

体をつらぬいた痛みに、サイは思わず目を閉じた。リサは爪先立って伸び上がると、彼の顔に手をそえ、そっとキスした。リサの唇は、彼のまぶたに、鼻に、頬に、羽根のように軽く触れていった。

サイは荒々しく息を吸うと、リサの肩をつかんでのけぞるようにその唇を避けた。「やめてくれ」

「どうして？」リサは尋ねた。

「なぐさめはいらない！」サイは彼女を突き放した。

リサは一歩下がった。サイは、まるでわたしが恐るべき罪を犯したような目でにらんでいる。やさしくしたかっただけなのに。リサは無性に腹が立ってきた。「ああ、わかったわ。そういうことなのね？　〝おれたち男はタフなんだ。女に同情されてたまるもんか！〟ってわけ」リサはわざとにんまりした。

サイがぎらつく目でリサをにらむ。

リサは眉を上げた。「あやまってほしいの？　いいわ。ごめんなさい」

サイは肩で大きく息をした。「痛い目をみないうちにやめるんだ」

リサは、きょとんとした。「どういうこと？」

「わからないとでも言うつもりか？」彼はあざけるように笑った。こういう、女のゲームならよく知っている。リサの肩をぎゅっとつかんだ。「男をからかうとどういうことになるか、ご亭主に教わらなかったのか？」

「からかう？」リサは目を丸くした。「わたしが？」

彼女の茫然《ぼうぜん》とした表情は、まぎれもなく本物だった。サイは顔をしかめた。「きみのしていることは……男を興奮させるんだ」

「冗談でしょう！」

怒りたくても怒れない。リサは心底驚いているのだ。サイは彼女の肩を放して、お手上げだと言うように笑った。「車に乗れよ」

彼はまだ何か言いたそうなリサを車に押し込んだ。「冗談に決まってるわ」リサは隣に座ったサイにきっぱりと言った。

「冗談なんかじゃない」サイは怪訝《けげん》な表情で眉を寄せた。「きみは男について何も知らないのか？」

「わたしは結婚していたのよ」リサは言い返した。

「どうやら相手は去勢された男だったようだな」サイはうなるように言うと、車を出した。

「わたしは妊娠しているのよ」むっとして、リサは言った。

サイはおかしそうな目を彼女に向けた。「男を知らないまま妊娠したわけか」

リサはため息をついた。車はジェイコブズビル方面へ向かうハイウェイをめざしていた。

「やっぱり、わかってしまうものなのかしらね？」

サイはしばらく、何も言わなかった。「きみはウォルトに抱かれたいと思っていたのか？」

「最初はね」とリサは答えた。「でも、さっき駐車場で、あなたを求めたような気持ちじゃなかったわ。あんなふうに感じたことは、一度もなかった」

サイの頬に、さっと血がのぼった。リサの率直さに、彼は言葉もないほど驚いていた。

「またもや、ごめんなさいだわね」リサはつぶやいた。「口をつつしむことをおぼえないと」

「なぜ？」

サイは大きく息を吐きだした。「きみには調子を狂わされてばかりだな」

「僕は、正直な女性なんてものにお目にかかったことがないんだ」

リサは眉間《みけん》にしわを寄せた。「でも、奥さんは正直な人だったんでしょう」

「どうしてそう思うんだい？」

「だってあなた、息子さんのことを愛していたんでしょうし」

彼はぞっとするほど冷たく笑った。「妻は中絶したがったんだ。だが、僕がクレジットカードを取り上げるぞと脅したものだから仕方なく産んだのさ」

「大変だったのね」リサはそっと言った。

「ああ」サイの顎が引きしまった。「僕が子どもを欲しがったので、妻は驚いていたよ」

「あなたの子どもじゃなかったのね？」リサは思いきってきいた。

「妻がつきあっていた男友達の誰かの子だ」サイは苦々しげに吐きだした。

車内に沈黙が落ちた。サイはリサのこわばった顔を横目で見た。「僕は傭兵《ようへい》だったんだ。

そういう種類の人間は、教会の聖歌隊で歌っていたような女性とは出会わないのさ」

「どうして、わたしが聖歌隊にいたことを知ってるの？」リサは思わずきいた。

彼は笑った。「知らなかったよ。だが、なるほどな。きみは死んだ妻とは正反対のタイプだ」

リサはまだ、彼の話をのみ込むのに苦労していた。「あなたは奥さんを愛していなかったの？」

「ああ。愛していなかった」彼は答えた。「しかし、ベッドでの相性はよかったし、僕はひとり暮らしにうんざりしていた。だから、彼女と結婚したんだ。長く続くだろうとは思わなかったが、子どもが欲しかったのでね」

「奥さんは、どうしてあなたと結婚したの？」

「クレジットカードを十枚も持って、ジャガーを乗りまわす暮らしに惹かれたのさ」

また、リサの眉間にしわが寄った。

「僕は金持ちなんだよ、リサ」

リサは口をつぐんだまま、コートの前をかき合わせた。聞けば聞くほどサイのことがわからなくなる。彼という人間は複雑すぎて、やっと理解したと思っても、次の瞬間には赤の他人に戻っているようだ。

「どうかしたのかい？」サイが沈黙にしびれをきらして尋ねた。

「今日、一緒に出かけた理由を誤解してほしくないの。つまり……」リサは赤くなって口を閉じた。

サイはおかしそうに彼女を見た。「金めあての女だと、誤解されたくないってことかい？」

「だって、わたしさっき、あなたにキスを返してしまったわ」リサは心配そうに言った。

彼はうっすらとほほえんだ。「ああ、そうだな」

「あれはわざとじゃなかったのよ。はじめから計画していたわけでは……」

「それはお互いさまだ」サイは街灯の下に車をとめ、彼女のほうに体を向けた。「僕の過去には、触れずにおいたほうがいいことがいくつもある。僕と妻の関係は、きみには理解のおよばないものだろう。若いころの僕は、きみのような女性とは絶対にかかわらなかったからね」

「そうなの？　どうして？」

サイは眉を上げた。「きみ、以前言っただろう。結婚前にウォルトと寝なかったって。だからさ」

リサはこわい目で彼をにらんだ。「寝たいと思ったら、寝たわよ」

「だが、きみは寝なかった」

リサはやけになったように両手をぱっと上げた。

「きみは結婚向きの女性なんだ」とサイは続けた。「残酷さとは無縁の女性だ。もし僕が前の稼業を続けていたころにきみと出会っていたら、一日とたたないうちにきみのほうから逃げだしただろう」

「きっとそうでしょうね」リサはしぶしぶうなずいた。そして、窓の外に目を移した。どうして、彼の言葉にこんなに胸が痛むのだろう？　ただ一度キスを交わしただけで、虫のいい期待を抱いたわけでもないでしょうに……。

「それに、きみはウォルトがいつもつきあっていたタイプでもなかった」そう言って、サイはリサを驚かせた。「彼は経験豊かな女性が好みだったから」

リサは顔をしかめた。「そのことには結婚後すぐに気がついたわ。彼に言われたの。おまえはこれまでにベッドをともにした中でもっともつまらない女だって」

サイは思った。リサがこんなふうなのも無理はない。彼女はおそらく、自分は女として完全に失格だと思い込んでいるのだろう。

「口にするのもつらいだろうね」

「ええ。わたしは女のできそこないなんだと感じたわ。ウォルトはブロンドが好きだったの。でも、わたしのことは気に入らなかった」

「あの宅配サービスの娘はだいぶ気に入っていたようじゃないか」サイの目つきが険しくなった。「きみが干し草を柵《さく》の向こうへ投げ入れている横で、ウォルトはあの娘といちゃついていた。あれほど人を殴りたいと思ったことはなかったよ」

リサは息をのんだ。「あなた……見てたの？」

「ああ、見ていた。だからあとできみに近づいて、そんなことは亭主にやらせろと言ったんだ」

リサは座席でもじもじと体を動かした。「ウォルトは彼女のことを古い友達だと言ったのよ。本当は、昔の恋人だという意味だったんでしょうね。彼が欲しかったのはパパの牧場なの。でも、気の毒なことに、取り引きにはわたしもついてきたわけ」

「きみをないがしろにするなんて、ウォルトの目は節穴だったんだ。きみはできそこないなんかじゃない。今夜駐車場で、十分にそれを証明して見せたじゃないか」

リサは咳《せき》払いをした。「あのことは、忘れたほうがいいと思うわ」

「なぜ？」

「なぜですって？」リサは目をみはった。「ウォルトが死んで、まだ二週間しかたたないからよ！」

サイは彼女をまっすぐに見すえた。「リサ、彼がまだ生きていたとしても、同じことだったはずだ。今夜起きたことは、僕たちのどちらにとっても強烈な体験だったんだ」

「偶然よ……」

彼は手を伸ばし、リサの唇を指でたどった。「偶然なんかじゃなかったと、証明してみせようか?」

「サイ・パークス!」

「都合のいいことに、もう妊娠する心配はないし。そうだろう?」

リサは真っ赤になった。指で愛撫《あいぶ》されているせいで息が苦しい。今夜まで、わたしは本当の意味で欲望に目覚めていなかったのだ。できることなら、時計をもとに戻して何も知らなかったときに帰りたい。いまのままでも人生は十分に複雑なのだから。

サイは大きく息を吸って、指を離した。「そうしたいのはやまやまだが、きみは死ぬほどショックを受けて、二度と僕に口をきいてくれなくなりそうだからね」

「わたしは……きっと……そうなるわね」リサはまともにしゃべることもできなかった。

サイは首を振った。リサとかかわりはじめてからまだほんの数日だ。それなのに、一緒にいないときも、僕は無意識に彼女のことを考えている。その事実はサイの心を落ち着かなくさせた。

リサはしきりにコートのボタンをいじっていた。サイの言葉が気持ちをかき乱す。リサにはわかっていた。サイの言うとおりだ。わたしは彼となら、いまここで一線を越えてしまいかねない。罪悪感が胸を刺した。ウォルトの死を悼むべきときに、わたしったらなんてことを。

「考え込むことはないよ。きみは安全だ。今夜はもう何もしない。約束する」

リサはほほえもうとして失敗した。「あなたってひどい人」

「どれほどひどいか、きみには見当もつかないだろうな」サイは車を出した。「ところで、ハーリーがきみのところの雇い人たちを首にしたよ」

「なんですって?」

「落ち着いて。どうせ、やりもしない仕事の分まで給金をもらっていた連中だ」

「だけど、誰が牧草を刈ったり、牛に焼き印を押したりするの?」リサは心配そうにきいた。

「音を聞かなかったのかい? 今朝早く、ハーリーがトラクターで干し草用の牧草を刈ってしまったよ。これから新しい連中を四人雇うつもりだ」サイはちらりとリサを見た。

「やっぱり牧場は売らない、なんて言わないだろうね?」

「売るよりほかに手がないのよ」リサは打ち明けた。「いまのままでは黒字にできる見込みはないもの。わたし、あの牧場が栄えるところを見てみたいわ」

「その点については、約束できると思うよ」

リサはほほえんだ。サイはカーラジオのスイッチを入れた。静かなカントリー・ミュージックが車内に流れる。数分もすると、リサのまぶたが重くなりだした。幾晩もの眠れない夜の反動が、ここへきて一気に襲ってきた。

やさしく肩を揺すられて、リサはうめいた。

「いやよ。あっちへ行って」

「そのつもりなんだけどね」笑いを含んだ声がささやく。「でないと、大変なスキャンダルになってしまう。さあ、おいで、魔女くん。寝る時間だ」

リサはあたたかい腕でかかえ上げられ、そのままどこかへ運ばれるのを感じた。

サイはもうリサを起こそうとはしなかった。彼はリサをベッドに横たえると、靴を脱がせ、眼鏡をはずして脇《わき》のテーブルに置いた。自分の反応が心配だったので、服を脱がせるつもりはなかった。サイはベッドのかたわらに立って、しみじみと若い寝顔を眺めた。リサはいったいいくつなんだろう?

サイは裏口の鍵《かぎ》を確かめてから玄関へ戻り、外へ出てまたドアに鍵をかけた。ロペスが本当にリサを狙《ねら》っているかどうかはわからない。だが、サイは万全を期すつもりだった。

使用人小屋に寄ってネルスと言葉を交わしてから、サイは自分の家へ戻った。寝室の鏡に映った傷のある自分の顔と、同じく傷だらけの体を、冷めた目で眺める。リサの推測どおり、彼はまだ三十五歳だ。だが、その顔は年齢よりずっと老けて見えた。彼の目は、死と背中合わせに生きてきた者のすさんだ陰りを帯びていた。過去の日々は、心と体に無数の傷を残した。リサは、今もうずくその傷を癒《いや》してくれる女性だ。そればかりか、忘れかけていたこの体の欲望にまで火をつけたのだ。リサは彼を必要としている。サイは彼女のおなかにいる子どものことを考えた。男の子だろうか。それとも女の子だろうか。リサには子育てに手を貸してくれる誰かが必要だ。サイは自分がその役目を果たしたいと思った。僕たちは、赤ん坊のために家族になることだってできる。

サイは明かりを消して、ベッドに入った。

ハーリーの監督のおかげで、牧場での作業は順調に進んでいた。

「人を働かせるこつを心得ているみたいだな、ハーリー」数日後、サイはハーリーに声をかけた。

「自分で牧場に出て、一緒に働くんですよ。あいつらがぼんやりしていられないくらい、せっせとね」ハーリーはにやりとして言った。

「なるほどな」サイは柵に寄りかかって、若い牧童頭の顔を眺めた。「ゆうべも例の倉庫に行ったんだろう。何か見たか?」

「でかいトラックを三台見ました」ハーリーの顔つきが引きしまった。「そのうちの一台が変なものを積んでいましたよ。ドラム缶をいくつもつないだようなものなんですが」

聞き捨てならない話だ。麻薬の密売人は人目を避けて川に即席の橋をかけ、積み荷を積んだトラックを向こう岸へ渡すことがある。ハーリーが見たのは、その浮き橋に違いない。

「ほかのトラックの中は見たか?」サイは尋ねた。

ハーリーは首を横に振った。「危険を冒したくなかったんで。あいつら、軽機関銃を持っています」

「そうか」

「それと、見なれないやつらが数人いました。腕っぷしの強そうなのばかりですよ」

「今夜もあそこへ行ってみてくれ」サイは言った。「十分注意しろよ、ハーリー。どうも気に入らない雲行きだ」リサのことが気にかかっているのだが、それはハーリーには言わなかった。彼女の家へは二日に一度は立ち寄っている。すでに牧場を売買する書類も整い、必要なサインもすませてあった。あとは金を払うだけだ。きっとジェイコブズビルの町にはロペスのために情報を集めている者がいるだろう。今回の土地取り引きのことも、ロペスの耳に入っているはずだ。ロペスは、リサが町から出ていくために土地を売ったと考えるかもしれない。その場合、麻薬王が性急に何かを仕かけてくる可能性もある。

翌日、サイはリサに会いに行った。前夜、偵察に出たハーリーは、何かの容器を入れた平かごがいくつも倉庫の中に運び込まれるのを目撃していた。麻薬の密売人たちは、ここを拠点とする闇《やみ》商売に本格的に取りかかろうとしているのだ。近いうちに、事態は一触即発の危機を迎えるだろう。サイはリサをそのさなかに置きたくなかった。

「州外に、しばらく身を寄せていられる親戚《しんせき》はいないかい？」リサの家の居間に入るなり、サイは前置きなしに尋ねた。

リサはソファに丸くなって編み物をしていたが、顔を上げていぶかしそうに彼を見た。

「親戚なんていないわ。いたとしても、どこに住んでいるかさえ知らないわよ」

サイは重いため息をついた。「わかった。これからは、家を離れるときはまず僕に知らせてくれ。僕がつかまらなかったら、エブに電話するんだ」

「なぜ?」

「ロペスが何をたくらんでいるかわからない。もしかしたら、きみに手を出すつもりはないのかもしれない。だが、こちらを油断させて、隙《すき》をうかがっているかもしれないんだ。あとで取り越し苦労だったとわかるほうがいいからね」

「わたしもそう思うわ」リサは同意した。

「ベッドのそばに電話はある?」

「ええ。電話が近くにあると、安心できるの」

彼は立ち上がった。「ドアに鍵をかけるのを忘れるんじゃないよ。昼間でも、ひとりのときはかけておくんだ」

「ひとりでいることはあまりないのよ」リサはなんの気なしに言った。「わたしの様子を見に、ハーリーが日に一度は顔を出してくれるから。二度来ることもあるわ」

サイの目つきがすっと冷たくなった。「あいつも気がきくな」

リサはその口調にひっかかるものを感じた。「いけないかしら?」わざとそう尋ねる。

あのオペラの夜以来、サイは妙によそよそしく、まともに話もしてくれない。わたしを避けているのだろうか？　ハーリーの心づかいがサイを少しでも刺激したのか、リサは知りたかった。

「きみの好きにするといい」サイは気のない口調で言って帽子をかぶった。「ハーリーはしっかりした若者だ」

サイはまさか……？　わたしはハーリーに特別な感情なんか持っていないわ。リサはそう言おうとしたが、その前にサイは外へ出ていってしまった。

リサはあわてて彼のあとを追った。

「牧場の売買が正式に成立するのはいつなの？」ほかに言うことを思いつかなくて、リサは尋ねた。

サイは車のドアの脇で立ち止まった。「来週の頭だ。ケンプがそう言っていた」

「わかったわ。電話をくれる？」

「ああ。僕でなければ、ケンプが連絡する」

なんともそっけない返事だった。「それでいいわ。どうもありがとう」リサは強いて陽気に言った。

サイは車のドアを開けたが、すぐに乗り込もうとはしなかった。「急いで成立させたいのかい？」

リサは肩をすくめた。「いいえ。ただ、いつからお家賃を払えばいいのかしらと思っただけ。来週、仕事のことでミスター・ケンプに会いに行くわ」

サイはわたしにつきまとわれたくないのね。リサはそう思ったが、事実はそれとは正反対だった。サイは彼女をおびえさせたくなかったのだ。

「月曜日に会おう」彼は言うと、車に乗り込んだ。そして、振り向きもせずに走り去ってしまった。

リサはふさいだ気持ちでそのあとを見送った。サイがわたしに惹かれていると思ったのは勘違いだったわけだ。でも、そのほうがいいのかもしれない。彼は息子の死をいまも引きずっているようだし、わたしは夫を失ったばかりで、しかもこれから母親になろうとしているのだ。夢を見るのはやめて、現実と向き合わなくては。サイはわたしの未来じゃない。わたしがいくらそう望んだとしても。

5

最初にその音に気づいたとき、リサはりすだろうと思った。りすたちはこの古い家がお気に入りらしく、よく屋根の上を走っている音が聞こえるのだ。リサはもう一度眠ろうとして目を閉じた。ところが、また音がした。今度はりすのたてる物音には聞こえなかった。誰かが窓をこじ開けているような音だ。

リサはベッドを抜けだした。物音は隣の部屋から聞こえてくる。ウォルトが使っていた寝室だ。

布のこすれる音がした。誰かが窓の隙間《すきま》から入り込んだようだ。心臓が猛烈な速さで打ちはじめた。リサは裸足《はだし》のまま廊下へ出ると一階に下りた。キッチンから裏口のドアに向かおうとした、そのときだった。大きな手で口をおおわれ、体ごと誰かの腕にかかえ上げられた。リサは懸命にもがいた。

「大丈夫だ」サイ・パークスが彼女の耳もとでささやいた。「こわがらなくていい。この家に侵入者がいることはわかっている。マイカが屋根から向かい側の部屋に下りているところだ。あいつが侵入者をつかまえる。だから声をたてないで。いいね？」

リサはうなずいた。

サイはリサを床に下ろした。彼は黒いセーターに黒いジーンズと、黒ずくめの身なりだった。手袋をはめた手には銃がある。リサがおびえた目を上げると、彼は目だけが出る黒いマスクのようなものを頭からかぶっていた。

突然、大きな物音と男のうめき声がした。

「片づいたぞ！」二階から、男の声が聞こえた。

「ここにいるんだ」サイは階段をのぼっていった。

リサはほっとしてカウンターに寄りかかった。そのとたんに裏口のドアが開き、彼女は文字どおり飛び上がった。エビニーザ・スコットがマスクを脱ぎながら笑顔でキッチンに入ってきた。

「ごめんよ」彼はすばやくあやまった。「使用人小屋に泊まっているサイのところの男が、怪しい人影を見つけて僕らに知らせてよこしたんだ」

「わたしは眠っていたの」リサは震える声で言った。「物音を聞いて逃げだそうとしたところで、サイにでくわしたのよ」

「ぐっすり眠り込んでいなくてよかった」エビニーザは険しい顔になった。「僕らも間一髪で間に合ったんだ」

「忍び込もうとしたのは誰なのかしら？」

「ロペスの手下だろう。これで恐れていたことが現実になったわけだ。ロペスはきみを狙《ねら》っている」

「でも、わたしは何もしていないのに！」

「やつはきみを見せしめのために処分するつもりなんだ。今後、組織に潜入しようとする者たちへのね。きみ自身が何をしたか、しなかったかは関係ない。ウォルトはロペスをあざむこうとした。ロペスはその代償を妻のきみに支払わせるつもりなんだ」

恐怖がみぞおちのあたりをしめつけた。リサはキッチンの椅子に座り込んだ。

階段を下りる重い足音が聞こえてきた。その足音はそのまま玄関から外へ出ていった。

やがて、サイがマスクを脱ぎながらキッチンに入ってきた。

「マイカが、つかまえた男を保安官のところへ連れていってくれるそうだ。男は突然、英語がしゃべれなくなったらしいぞ。まあ、不法侵入以上のことは証明できないだろうな」

サイの顔は背筋が寒くなるほど残忍そうに見えた。彼はその目をリサに向けた。「きみはもうこの家にはいられないぞ。ロペスが同じミスをくり返すことはない。次は確実に目的を達するだろう」

リサは歯を食いしばった。「ここはわたしの牧場よ。まだ正式に手放したわけじゃないわ。わたしはここを離れないわよ」彼女は憤然と言った。「けちなちんぴらの親玉が何かたくらんでいるからって、子どもみたいに逃げ隠れしてたまるもんですか！」

「見上げた心意気だ」サイはそっけなく言うと、自分のベルトから何かを引き抜いて、リサに投げてよこした。「ほら」

それはオートマチックの拳銃《けんじゅう》だった。リサは一度受け止めた銃を、恐怖に息をのんで取り落とした。

「拾って撃つ練習をするんだな。この家にひとりで残るつもりなら、それしか生き延びる方法はない」

リサはサイをにらんだ。「わたしは銃が大嫌いなのよ」

「ああ、僕だって大嫌いさ。だが、戦場では、敵にじゃがいもを投げるわけにはいかないからな」

「だったら、わたしはどうすればいいのよ？」

「荷物をつめて、この家を出るんだ」

「出てどこへ行くの？」リサは両手を腰にあてた。「もう言ったでしょう？　わたしには、行くところなんてないのよ！」

「あるさ。外に僕の車がとめてある」

リサは目を見開いた。「あなたの家へは行けないわ。わたしは夫を亡くしたばかりなのよ！」

「僕は妻を亡くして三年だ。それが何か？」

「キャリー・カービーに泊めてもらうわ！」

「キャリーのアパートは彼女ひとりでも狭すぎるくらいだ。僕の家には寝室が三つある。バスルームもきみ専用で使ってくれてかまわないよ」

リサはここで折れたくなかった。でも、生々しい恐怖の記憶が心をわしづかみにしていた。

「決心がついたら、僕はトラックの中にいるよ」

サイはそのまま本当に外へ出ていってしまった。エビニーザもおかしそうな顔であとに続いた。

リサはこわい目をしてふたりを見送り、ぷりぷりしながら傷ついたプライドをなだめた。けれども、とうとう二階へ上がってジーンズに着替え、荷物をつめた。十分後、リサは小さなバッグを手にサイの車に乗り込んだ。

「ハーリーがにやにやしたら、すねを蹴《け》飛ばしてやるわ」シートベルトをしめながら、リサは言った。

「僕も蹴ってやるよ」サイが約束した。

リサは彼にちらりと視線を投げた。「あなた、必要ならあの男を撃った？」

「どうしてもという場合には、ああ、撃った」

「わたしには他人は撃てないわ」

「わかってる。だからこそ、きみは僕と一緒にいるべきなんだ」彼は横目でリサを見た。

「それほど悪くはないよ。僕は料理ができるから」

「わたしだってできるわ」

「よし。家事は分担だ。赤ん坊が生まれたら、夜のミルクは交代でやろう」

リサの胸にあたたかなものが込み上げた。彼女はうっとりとほほえんだ。「あら、赤ちゃんがおなかをすかせているときに、眠ってなんかいられないわ。わたしも起きるわよ」

サイは昔のことを思いだした。死んだ妻は夜起こされることに不満たらたらだった。彼女は赤ん坊がうとましくてならず、サイの気持ちを理解しようとさえしなかった。あなた、どうかしてるんじゃないの？　この子はあなたとはなんの関係も……。

サイは苦い記憶に蓋《ふた》をして、車の運転に集中した。

家に着くと、サイはリサを車から助け降ろして、小さなバッグを家の中へ運び入れた。

「この部屋なら気に入るんじゃないかな。ばらの咲く庭に面しているんだ」サイはほほえんだ。

リサは白い家具の置かれた、古風で簡素な寝室を見まわした。「とてもすてきな部屋ね」

リサの目が部屋のまん中に立つ黒ずくめのサイの上にとまった。こうして見ると、普段の彼とはまるで別人のようだ。麻薬捜査官だったウォルトでさえ、今のサイほど危険なオーラを放つことはなかった。

サイの眉が上がった。

「ごめんなさい」リサは恥ずかしそうにほほえんだ。「あなたがいつもと違って見えるから、つい」

「隠密《おんみつ》作戦の制服みたいなものさ。要は、姿が闇《やみ》にまぎれればいいんだ」

「あら、あなた、とても上手にまぎれていたわよ」

サイは低く笑った。「もう眠るんだ。誰もきみの邪魔はしないから、好きなだけ寝坊するといいよ」

リサは顔をしかめた。「子犬はどうなるの?」

「なんだって?」

「子犬よ。うちの中に閉じ込めたままなの……」

「あとで僕が連れてこよう。だが、もしそいつがうちの鶏を食べたら、犬肉のシチューにするぞ」

「鶏がいるの?」

「僕は新鮮な卵が好きなんだ」

リサはほほえんだ。「わたしもよ」

サイはドアに向かった。「ところで、うちの窓には保安措置がほどこしてあるから、そのつもりで」

「だったら、安心ね」

「ああ。おやすみ」

「おやすみなさい。助けてくれてありがとう」

サイが出ていったあとも、リサは閉じたドアを見つめて立ちつくしていた。これでわたしの人生は大幅に複雑さを増してしまった。リサはオペラの夜、サイに対して感じた情熱を思いだすまいとした。あの夜から、彼は明らかによそよそしくなった。つまり、味見をしてみたが気に入らなかったというわけだろう。わたしはサイといても安全なのだ。結構じゃないの。わたしは夫を亡くしたばかりの独り身、しかも妊娠中なのだから。サイとのキスのことは、頭からしめだすべきなのよ。


卵のいっぱいつまったかごをかかえてキッチンに入ってきたハーリーは、コーヒーをいれているリサを見てぴたっと足を止めた。

リサはいどむように彼を見た。「サイはどこ?」

「洗車をしに、町へ行ったよ」

洗車? 「彼、よく車を洗いに行くの?」

「車の中で犬が吐いたときだけね」

「まあ、大変」リサはうめいた。

「おたくの子犬は、ドライブがあまり好きじゃないみたいだな」ハーリーはにやっと笑って、卵のかごをテーブルの上に置いた。「子犬は、ボスのコリーと一緒に納屋にいるよ」

「サイが犬を飼ってるなんて知らなかったわ」

「ボスも知らなかったんだ。先々週、あいつがよろけて車の前に飛びだしてくるまではね。ボスは怪我《けが》をしたあいつを獣医に連れていった。捨て犬らしくて、蚤《のみ》はたかってるし、半分飢え死しかけてるしで大変だったんだ。でも、ちゃんと世話をしてやったら、見違えるほどになったよ」ハーリーは首を振った。「硬派の牧場主にしては、ボスには甘っちょろいところがあるよな。兵士向きの人じゃないよ」口を開きかけたリサを、ハーリーは手を上げて制した。「いまのこと、ボスには言わないでくれるかい。あの人は気前よく給金を払ってくれるし、下で働くには最高なんだ。GIジョーってがらじゃないのは、あの人のせいとは言えないものな」

ゆうべ見たことを話したら、ハーリーはどんな顔をするだろう。リサは唇を噛《か》んで、しゃべりたい気持ちをこらえた。これはサイの問題だ。わたしには関係ない。

「今朝、ボスと向こうの牧場へ行って、きみの車をこっちへ運んできておいたよ。しばらくここで暮らすのかい?」彼は興味津々の様子で尋ねた。

「そうなると思うわ」リサはため息をついた。「ゆうべ、わたしの家に男が忍び込もうとしたのよ。それで、サイはわたしをここへ連れてきたの」

「きみの家に？　どうして？」

リサの瞳が陰った。「わたしの夫は麻薬取締局の囮《おとり》捜査官だったの。つい先日、潜入先で殺されてしまったわ。その組織のボスというのが、裏切り者は家族まで皆殺しにしないと気のすまない男らしいの。だから、わたしが狙われているのよ」

「だったら、きみはまさにぴったりの場所に逃げ込んだんだ」ハーリーは目を輝かせた。「僕は二年間、陸軍のレンジャー部隊にいたんだ。それに、コマンドとしての訓練も受けた。僕がいれば、この家は絶対安全さ」

「心強いわ」リサはにっこりした。

ハーリーは顔を赤らめた。「ああ。さてと、僕は仕事に戻るよ。きみが無事でよかった。ミス――ミセス・モンロー」彼はあわてて言い直すと、帽子にちょっと手をあてて外へ出ていった。

リサはキッチンの椅子に座って首を振った。ハーリーは事態がどういうことになっているか、まったく知らないのだ。刺激のない生活に退屈しきっていて、勇ましい空想をふくらませるしか自分をなぐさめるすべがないのだろう。現実の脅威と直面したら、彼はどう反応するだろうか？　リサはその答えを知りたくなかった。

サイは昼食のために家へ戻ると、自分で簡単なサンドイッチを作りはじめた。

「サンドイッチなら、わたしにも作れるわ」リサは脇《わき》から彼に言った。

するとサイは彼女に笑顔を向けた。「自分でやるのに慣れてるんだ。きみはふたつ？」

「ひと切れでいいわ。ありがとう」リサは小さなテーブルについた。「犬がトラックを汚してしまってごめんなさい」

サイは眉をつり上げた。「誰がそれをきみに？」

「ハーリーよ」リサはいたずらっぽく笑った。「彼、わたしを敵から守ってくれるんですって」

サイは低く笑った。「僕もあの年ごろだったことがあるから、よくわかるよ」

リサはテーブルの上に頬杖《ほおづえ》をついた。「あなたも勇ましいことを言いふらしていたの？」

「たぶんね。少なくとも、はじめて戦闘を経験するまでは」彼は首を振った。「現実の戦いはテレビなんかより……もっと……生々しいものなんだ」

「はじめてのときは、こわかった？」

「いつだってこわかったさ」サイはリサをまっすぐに見すえた。「そのうち、恐怖とつきあう方法をおぼえるんだ。ほかのみんなと同じようにね」

「つらいことよね？」

「確かに、人が死ぬところを見るのはつらかったさ。アフリカにいたとき、反乱軍と戦っている少年に出会った。ジューバという名前の少年だった」サイはサンドイッチを作る手を休めずに語りだした。「ある日、僕たちは反乱軍が退去したあとの建物を見つけた。ジューバはひとりで建物に向かって走りだした。建物の内部にはどんな罠《わな》が仕かけられているかわからない。僕らはジューバに止まれと叫んだ。だが、ジューバは聞かなかった。彼は入り口に仕かけられていた地雷を踏んで、吹き飛ばされた」パンにマヨネーズを塗る彼の手が止まった。「ジューバはすぐには死ななかった。僕は大きな木の下でジューバの体を腕に抱いて、彼が息を引き取るまでずっと話しかけていた」サイはまたマヨネーズを塗りはじめた。「ジューバは十一歳だった」

リサはひるんだ。「戦争をするには若すぎるわ」

「あの子は内戦で家族を失っていた。あの子には僕らしかいなかったんだ。僕たちの部隊は、当時劣勢だった政府に雇われて反乱軍と戦っていた。三十人で現地に入って、戻ってきたときは三人だったよ」サイはリサのサンドイッチを皿に置き、自分の分を作りはじめた。「反乱軍は首都を制圧して自分たちの政府を作った。だが二カ月後、他国の支援を得た従来の政府勢力が反乱軍の政府を打倒した。しかし、それまでには何万人という人の血が流されたんだ」

「わたしには戦うことなんてできそうもないわ」リサは沈んだ表情で言った。

「僕は若いうちに大金を稼ぎたかったんだ。そして、国へ帰って牧場を買い、結婚して落ち着きたかった。その計画はほとんどうまくいきかけていた。だが、ロペスをつかまえるのに手を貸した段階で、すべてに狂いが生じてしまったんだ」サイはリサの目の奥を探った。「前に話しただろう。ロペスは手下に命じて、ワイオミングの僕の家に火をつけさせたと。本来のやつの計画では、僕の息子は火事が起きる前に救いだされるはずだったんだ。ロペスは、しくじったその手下を始末した。やつは幼い子どもは殺さない主義だから」

「息子さんのこと、本当にお気の毒だわ」リサはつぶやくように言った。

「ああ。だが、どれほど嘆き悲しんだところで、あの子は帰ってこない」

サイの顔はかたくこわばっていた。

「わたしに息子が生まれたら、育児を手伝ってね」

サイはリサの顔にちらりと目を走らせた。「どうして男の子が生まれると思うんだい?」

「そうだといいなと思っただけ。野球やサッカーが好きなのよ。息子が生まれたら、かわいがるわ」

「男でも女でも、かわいがるんだ」サイはリサをたしなめた。

「そうね」そのとき、ふとリサが顔をしかめた。

「どうかしたのかい?」

リサは神経質に短く笑った。「ときどき、おなかに痛みが走るのよ。医学書を読んだら、妊娠初期にはそういう痛みをうったえる女性もいるそうなの」

サイは眉を寄せた。「気に入らないな」

リサはサンドイッチを取り上げた。「精神的なものかもしれないわ。この数週間は大変だったから」

「確かにそうだ。だが、痛みがひどくなるようだったら、医者に診せるんだよ」

「わかったわ」

昼食後、サイは彼女を風通しのいい納屋に連れていった。真新しい藁《わら》の敷かれた大きな囲いの中に、リサの子犬がいた。

「ハロー」リサは囲いの中に入って、やたらと大きな子犬の体を撫《な》でてやった。「わたしがいなくて寂しかった?」リサはちらっとあたりを見た。囲いの内側にはドッグフードと飲み水の清潔な器が置かれ、犬用のおもちゃがいくつも散乱している。「寂しくはなかったみたいね。この様子からすると」

「犬には、じゃれついて遊ぶ道具が必要だからね。ボブにもいくつか買ってやったし」

「ボブって?」

サイが手まねきした。

彼について隣の囲いへ行くと、その中には白と黄褐色の大きなコリー犬がいた。やさしい茶色の目をした賢そうな犬だ。毛並みにはところどころ、以前の哀れな状態を忍ばせる部分が残っている。でも、ボブは美しい犬だった。

「ハンサムな坊やね」リサはボブにほほえみかけた。

「きれいな娘なんだ」

リサはサイを振り返って、眉をつり上げた。「ボブは女の子の名前じゃないわ……」

「スーって名前の男の子がいるなら、ボブって名前の雌犬がいたっていいじゃないか」

「あなた、ジョニー・キャッシュの聴きすぎよ」リサはくすくすと笑った。

リサはいたずらっぽくほほえむサイの目の輝きが好きだった。町では彼を偏屈な変わり者として遠巻きに眺めている向きが多い。でも、自分の牧場にいるときのサイは、こんなにも気が置けなくて話しやすい相手だ。どれくらいの人が、彼のこういう側面を知っているのだろう。多くはないに違いない。

「わたしの家に押し入った男はどうなったの？」リサはふいに尋ねた。

「保安官がやつを拘束したよ。だが、保釈金を積めば釈放される。その後は古巣に直行するはずだ」

「古巣って？」

彼はリサに向き直った。「数日前、アルマーニのスーツを着た男が新しい隣人だと言って僕を訪ねてきた。うちの地所と境を接する場所に、養蜂《ようほう》に使う倉庫を建てたと言うんだ。だが連中が扱っているのは蜂蜜《はちみつ》じゃない。どういうことかわかるかい？」

リサはその場で凍りついた。「麻薬なの？」

「未精製のコカインだ。少なくとも、僕らはそういう疑いを持ってる」

「保安官に通報しなくちゃ！」

「あの倉庫を家宅捜索しても、コカインは出てこないよ」サイはあっさりと言った。「それどころか、連中自身が当局にたれ込みの電話を入れる筋書きだろうと僕は思う。そうやって、あの建物に麻薬捜査の手を入れさせるんだ。だが、見つかるのは本物の蜂蜜ばかりだろう。一度家宅捜索して何も出てこなければ、二度めは当局もかなり躊躇《ちゅうちょ》するはずだ。何か決定的な証拠がないかぎり、手も足も出せなくなる。下手をすると、かえってあの連中に営業妨害か何かで訴えられてしまう」

「なんだかとても皮肉っぽく聞こえるわ」

「僕はああいうやつらのやり口を知ってるんだ。過去にはいろんな連中とつきあいがあったからね。麻薬や武器の密売人、宝石の密輸業者、殺し屋……」

リサの目が丸くなった。「あなた……」

「その必要があったから、つきあったまでだ。僕らには武器・弾薬、それに爆弾や薬品は必需品だった。そういうものはスーパーには売っていないからね」

「銃なら店で買えるわ」リサは言った。

「登録済みの銃だけだ。それに、手にするまでに時間がかかる。その点、闇でなら軽機関銃からプラスチック爆弾まで、必要なとき即座に手に入るんだ」

「知らなかったわ」リサはつぶやいた。

「麻薬カルテルを撲滅することはほとんど不可能なんだ。連中は企業に似た形態を取って組織を運営している。ある意味では、彼らの組織は国際企業なんだよ。やつらのやり方を理解すれば、これがいかに分のない戦いかわかるだろう。組織にかかわる人間をすべて逮捕することはできない。　仮に全員を刑務所にぶち込んだとしても、また新たな売人が現れる。なぜだかわかるかい？　需要があるところには供給もあるからだ。麻薬によろこんで金を払う人間がいるかぎり、それを売る人間もまた存在するのさ」

「気のめいる話だわ」

「ああ。だが、まず敵を知らなければ戦うことはできない。カルテルをひとつつぶすたびに、麻薬の供給をわずかだが遮断できるんだ。統計を見ると気の遠くなるような話だが、麻薬密売の根絶に身を捨てて取り組んでいる人たちだってたくさんいるんだ」

「そういう人たちが、ロペスをどこかへ連れ去ってくれるとうれしいわ。わたしを撃ち殺すことができないような場所にね」

サイは笑った。「とりあえず、きみを連れ去ることならできるよ。やつが手だしできない場所へね」

6

リサはサイの牧場に落ち着くことになった。サイが雇っているカウボーイたちは、リサを見かけるたびにぎょっとした顔でそそくさと向こうへ行ってしまう。けれど、リサの存在に興味をそそられてはいるようだ。ジェイコブズビルの住人たちの態度も、似たようなものだった。サイはこれまで人づきあいさえろくにせず、女性には目もくれなかった。その彼が突然リサ・モンローと同居しはじめたのだ。これは格好のゴシップ種だった。

サイの予想どおり、リサの家に忍び込んで逮捕された男は、保釈金を積んで国外へ逃げてしまった。だが、これでひと安心というわけではない。ロペスは狙《ねら》った獲物をしとめるまで決してあきらめない男だ。

そして、これもまたサイの言ったとおり、ある日、保安官のもとに匿名の電話がかかってきた。例の養蜂《ようほう》業者が麻薬の密売にかかわっているという内容の告発電話だ。当局は麻薬捜査犬まで動員して、サイの牧場に隣接している倉庫の敷地内を捜索したが、結局何も発見できなかった。これで、よほどしっかりした証拠がないかぎり、当局は二度とあの倉庫に手が出せないだろう。すでに養蜂業者は、多額の賠償金を求めて当局を訴える姿勢をちらつかせているという、もっぱらの噂《うわさ》だった。

捜査の進展を示す明るい話題もあった。ロペスの組織に潜入しているロドリゴが、エビニーザに情報を送ってきたのだ。それによると、近々メキシコからアメリカへ、大量のコカインが送りだされる予定だという。詳細はまだわからないが、何か耳に入り次第、彼からまた連絡が来ることになっていた。

リサは、サイが無線通信機でエビニーザと話しているところに顔を出した。すぐ脇《わき》に電話があるのに。リサは怪訝《けげん》に思った。

サイが無線を切ると、リサはさっそくそのことを尋ねた。

「こいつには」サイは無線通信機を指差した。「盗聴防止のための周波数帯変換器がついてるんだ」

リサはさまざまな機材の並んだサイの書斎を見まわした。「こんなにいろいろわけのわからないものが並んでる部屋って、見たことないわ」

「ウォルトは持ってなかったのかい？」

「持っていたとしても、うちには置いていなかったわ」リサはため息をついた。その手が無意識に腹部を押さえた。

「ゆうべは眠れなかったようだね。きみの部屋から足音が聞こえたよ。どうかしたのかい？」

リサは身じろぎした。「また少しおなかが痛くなったの」

サイは彼女の体に目を走らせて、顔をしかめた。「その話を聞くのははじめてじゃないな。医者に電話したほうがいい」

「したわ。おとといね。妊娠初期にはよくあることだって言われたわ。出血がないかぎり、心配することはないそうよ。実を言うと、最近はここしばらくなかったくらい体調がいいの」

それに、見た目にも輝いている。サイは口に出してそう言うのをやっとのことで思いとどまった。長い髪をたらしたリサは、眼鏡をかけていても愛らしかった。少し上を向いた小さな鼻、ふっくらとした唇、彼を見るときの、小鳥のようなしぐさ。サイはリサのそういうところが好きだった。それに、短く切ったジーンズをはき、胸の形がはっきりとわかるブラウスを着ているいまの彼女も。サイはリサを腕に抱いたときの感触を思いだした。ふいに体がこわばる。リサは知らない。サイは彼女を追いつめたくなかった。彼女と同じ屋根の下に暮らしながら、触れることもできないこの苦しさを。だが、サイは彼女を追いつめたくなかった。リサは命の危険にさらされている。その上、どこにも行くところがないのだ。

リサは次第に厳しさを増すサイの表情に眉を上げた。「どうかしたの？」

「そんな格好で外に出るんじゃない」彼はぶっきらぼうに言った。

　リサは自分の体を見下ろして、不思議そうにきき返した。「なんですって？」

「聞こえただろう」サイは椅子から立ち上がった。だが、それは間違いだった。大きく開いたブラウスの襟元から、リサの胸の谷間をのぞき込むことになってしまったのだ。「うちの連中に、きみをじろじろ眺めさせたくないんだ」特にハーリーにはな。サイはむかっ腹を立てながら思った。

　リサの瞳がいたずらっぽく輝いた。「たったいま、わたしをじろじろ眺めているのはあなたでしょう」

「じろじろ見てるわけじゃない。きみの格好に目を引かれただけだ。うちにはホルモン過剰な若いのが何人も働いてるんだぞ。ああいうやつらには、ドラム缶をかぶった女性だってセクシーに見えるんだ」

「ホルモン過剰ねえ」リサはつぶやいた。

「きみだって、それほどうぶではないはずだ」サイはうなるように言った。「結婚していたんだから。男の反応についてだって、知ってるはずだろう」

　そうとも言えないけど。リサは口から出かかった言葉をのみ込んだ。ウォルトに抱かれたのはたったの二回。しかも、彼にとっては気の進まない行為だったようだ。彼はわたしの体に惹《ひ》かれたわけではない。でも、それはお互いさまだ。夫といても、サイに抱きしめられたときのような気持ちになったことはなかったのだから。

「わたしは庭仕事をするためにドラム缶なんかかぶりませんからね。わたしは妊娠しているのよ！　妊婦に手を出そうとする男の人がいると思うの？」

「そんな格好のきみを見たら、八十歳以下の男なら誰だってくらりとするさ」サイはそっけなく言った。「僕も含めてね」

ふたりの視線がからみ合った。その瞬間、リサの心臓が大きく跳ねた。彼女はオペラの夜のくちづけを思いだした。

「あなたもそういう気分になるの？」リサは尋ねた。

彼は落ち着かない顔になった。「僕らはきみの服装について話していたんだ。外へ出るときは、ショートパンツや胸の開いたブラウスは着ないでくれ」

「みんなをまどわさないように、夏中コートを着て歩けって言うの？　そんなのフェアじゃないわ」

「ああ、そのとおり、フェアじゃないさ！　だが、男というのは、目の前にそそられる眺めがあれば見るものなんだ。それが何万年前から変わらない本能なのさ！」

リサの目がサイの唇に落ちた。あのキスの甘さを思いだすのは何度めだろう。だが、そう思っただけで苦い罪悪感が込み上げてきた。わたしはウォルトのことを忘れかけている。サイは忘れていないのに。この家に越してきてから、サイは一度もわたしに手を触れていない。彼は死んだウォルトをはばかっているのだ。ウォルトの死は確かに痛ましい出来事ってしまう。

だった。でも、サイのそばにいると、わたしはまともにものを考えることさえできなくな

「最近、ハーリーがよく家に顔を出すようだが」サイが思いがけないことを言いだした。

「わたしの代わりに卵を集めてきてくれるのよ」緑色の瞳が、もう一度彼女の全身をひと撫《な》でする。リサは興奮を隠して答えた。「鶏《とり》小屋で蛇を見つけてから、巣に手を入れるのがこわくって」

「蛇よりハーリーのほうがましというわけか」

リサはほほえんだ。「彼が自分で言うほど強くないのは知ってるわ。でも、ハーリーはいい人だし、それに」急にリサの瞳が茶目っけたっぷりに輝いた。「例の養蜂業者の倉庫を、彼にそれとなく見張らせているんでしょう?」

サイにとって、いまのは聞き逃せない言葉だった。確かにエビニーザはハーリーを見張りに使っていいと言った。だが、それはハーリーが口をつぐんでいるという条件つきでの話だ。

「彼がきみにその話をしたのか?」サイは静かに尋ねた。

リサはサイの目つきにぎくりとした。どうしよう。ハーリーを困った立場に立たせることはできない。でも、嘘《うそ》をつくわけにもいかない。

「ハーリーは、蜂《はち》が牛たちを悩ませないように見張ってるんだと言っていたわ」これは本

当のことだ。少なくとも、ハーリーはリサにそう言った。

「わかった」サイの体から目に見えて力が抜けた。リサは自分が正しいことを言ったのだとわかった。

サイは胸の内で苦々しさを噛《か》みしめた。ハーリーはまだ二十代後半の若さだ。一方、僕は三十五歳で、すでに身も心も傷だらけときている。リサは自分にやさしくしてくれる若い男に惹かれて当然なのだ。

「もしあなたがほかの人に卵を集めてきてもらえって言うんだったら、それでかまわないのよ」リサは不機嫌そうなサイに気を使って言った。

「いや、別に」彼はすぐに言った。「どうして僕がそんなことを気にすると思うんだい?」

彼は困惑顔のリサを残して部屋から出ていった。


それから二日後のこと、居間に足を踏み入れたサイが見たのは、ハーリーに手を握られているリサの姿だった。

ハーリーとリサは同時に部屋の入り口を振り返り、サイを見るとあわてて手を離した。

「ボス! いま、その、リサに……ミス……ミセス・モンローに、敵に組みつかれたときの対処法を教えていたんです」

「ええ、そうなの」リサはすばやく言った。サイの冷ややかなまなざしにさらされていると、自分が不貞を犯したような気分になってくる。

「僕はガレージに戻ります。車を整備している途中なんで」ハーリーはますます赤くなりながら言った。

「そいつは結構。尻に根が生えないうちに戻るんだな」サイは噛みつくように言った。

「わかりました！」ハーリーはそれ以上何も言わずに裏口から外へ出ていった。

「彼は本当に組み手をとく方法を教えてくれていたのよ」リサは腰に手をあててサイに言った。

サイは彼女に近づいた。嫉妬《しっと》に目がくらんでまともに頭が働かない。「そうなのか？ きみはハーリーの指南を受けたわけだな？ 見せてみろよ。こいつから逃げられるかどうか、やってみせてくれ！」

サイはリサのウエストに腕をまわして、強引に自分の体に抱き寄せた。リサは声をあげようとしたが、その前にサイに唇をふさがれてしまった。くちづけは飢えたように荒々しかった。

リサはあらがおうとした。けれど、彼のあたたかく、力強い体を全身で感じると、あらがう気力など跡形もなく消え失《う》せてしまった。小さな叫び声をあげて、リサはサイの体にしがみついた。そして、自分自身を彼に押しつけ、熱っぽくキスに応《こた》えはじめた。リサはオペラの夜以来つのりにつのった情熱を一気に解き放った。サイの体に震えが走る。それに呼応するように、リサの体もこまかく震えた。

　サイがキスしたまま何事かつぶやいた。リサはいっそう強くみずからを押しつけ、彼の唇をむさぼった。抑えのきかないむきだしの欲望が火花を散らす。リサの胸が女らしいよろこびにふくらんだ。わたしはサイの衝動をこんなにも激しく突き動かすことができる。

　サイの体が熱くなりはじめた。いけない。彼はのけぞるようにして抱擁をといた。サイは欲望と闘いながら一歩後ろへ下がった。あまりにも激しい自分自身の衝動にショックを受けていた。

　ふたりは荒い呼吸をくり返しながら、まるで敵同士のように向かい合った。

「ハーリーにきみを触れさせたくない」サイはうなるように言った。

「そうみたいね」リサは息をきらしながら言った。

　彼の緑の瞳が、リサの体の上をすべった。「きみは妊娠しているんだ」

　リサはうなずいた。頭のすみで、おなかの赤ん坊がサイの子どもだったらよかったのにと思った。でも、それを願ったら、ウォルトを裏切ることになってしまう。リサは自分のおなかにそっと手をあてた。

　サイは何事かをののしるようにつぶやいた。「きみに触れるべきじゃなかったんだ」彼は苦々しく言った。「努力はしたさ！　本当にな！」

　だから、サイはわたしを遠ざけていたのね。わたしのおなかには子どもがいる。サイはわたしを抱くのではなく、保護するつもりだったのだ。でも、彼はわたしを欲しがっている。体中でわたしはそれを知っている。そう思うと、リサの胸に新たなよろこびと希望があふれた。

サイは息を整え、リサに鋭い目を向けた。「ハーリーはトラックの修理をしている。できるだけ、ここには近づけるんじゃない」

リサは、独占欲むきだしのサイの口調に腹を立てたりはしなかった。「わかったわ、サイ」

サイは目を細めて彼女を見た。「家の中にいるんだ。そしてドアに鍵《かぎ》をかけるのを忘れないように」

「ええ」

「表にハーリーがいるからって、油断するなよ。あいつはロペスみたいなやつと渡り合った経験なんてないんだ」

「わかってるわ」リサは笑った。

サイは深く息を吸い込んだ。「僕の机の引き出しに銃が入ってる。念のためにおぼえてくれ」

「おぼえておくわ」

リサの唇は、交わしたキスのせいでぽってりとはれている。彼女がこんなにも取り乱して見えるのは僕のせいだ。そう思うと、サイの胸に男としてのプライドが込み上げた。

「どこかへ行くの？」リサは乱れた息を整えるのに苦労しながら尋ねた。

「ああ」彼はリサから無理やり目をそらして腕時計を見た。「キングズビルへ行くんだ。新しく買い入れる牛のことでね」彼はもう一度、リサに目を戻した。「僕の留守中は、何があっても家の外に出るんじゃない。うちの監視機器はエビニーザのところのモニターとリンクしているんだ。何かあったら、エブが五分でここに着く。外のハーリーに用があるときは、インターコムのボタンを押すんだ。そうすれば、彼のほうからこっちへ来るから」サイはダイニングルームの壁のボタンをリサに示した。

「何か心配なことがあるのね」リサは尋ねた。

「二、三、小耳にはさんだことがあってね。ああ、心配なんだ。僕の機嫌をとると思って、頼む」

リサは肩をすくめてほほえんだ。「オーケイ、ボス」

サイは眉を上げて笑った。「従順でなかなかよろしい。口先だけなのは残念だがね」

「それでも、パパには効いたのよ。ある種の男性とは、言い争うだけ時間の無駄ですもの」

サイは帽子かけの帽子に手を伸ばした。「それに、ある種の女性ともだ。じゃあ、気をつけて」

やなさそうだもの」

「あなたもね」リサはすまして言った。「あなただって、ロペスのお気に入りってわけじゃなさそうだもの」

サイは帽子を頭にのせた。そのとき、裏口の開く音がした。ハーリーがまた家に入ってきたらしい。サイは帽子の下からリサを見た。「ああ。だが、ロペスは不必要な危険は冒さない。やつはすでに一度、当局に煮え湯を飲まされているんだ。よほどのことがないかぎり、ロペス本人がここへ来るはずはないと……」

「なぜなら、ロペスは僕がここにいることを知ってるからだよ、ミセス・モンロー」ハーリーが悦に入った笑みを浮かべて現れた。「僕がいるかぎり、あんなやつには指一本触れさせないさ」

「もちろんだわ」リサはサイのほうを見ずに言った。

「ちょっと飲み物を取りに来たんだけど、ええっと、かまいませんか、ボス?」ハーリーはサイの顔色を用心深くうかがいながら尋ねた。

「かまわないさ」その言葉はサイの本心ではなかった。「だが、注意をおこたるなよ。ロペスは甘くないぞ」サイはハーリーに釘《くぎ》をさした。

ハーリーは手をひと振りして、ロペスとその巨大組織を片づけてしまった。

サイにはこの若い牧童頭に言いたいことが山とあった。だが、聞く耳を持たない人間には何を言っても無駄だろう。せめて彼が何かばかなことをしでかさないようにと祈るばかりだ。

「帰りは遅くなる。ドアに鍵をかけるのだけは忘れないでくれ」サイはリサに念を押した。そして、いかにもしぶしぶといった様子で出かけていった。

ハーリーはキッチンの冷蔵庫から冷たい飲み物を出した。リサもキッチンへ行くと、サラダを作るためにじゃがいもの皮をむきはじめた。「僕のせいできみが困ったことになってないか、心配で見に来たんだ」ハーリーは神妙な顔つきで言った。「さっきのボスは、やけにかっかしてたからね」

「大丈夫よ」リサは彼を安心させようとにっこりした。「わたしが妊娠しているから、サイは保護者的な気分になってるみたい」

ハーリーは顔をしかめた。「それくらい、気づくべきだったな。ボスは女性とどうこうってタイプじゃないからね」そう言って肩をすくめる。さっきのボスは嫉妬でおかしくなっているようにしか見えなかった。でも、そう聞けば、あの怒りようも納得できる。おなかに赤ん坊のいる女性に言い寄るなんて、ボスにとっては許しがたいことなのだろう。

「飲み物に氷を入れてあげましょうか？」

「いや、このままでいいよ。それじゃあ、僕に用があったら呼んでくれ」

「インターコムの場所ならサイに聞いたわ。でも、使うことはないんじゃないかしら」

「それはわからないよ。外に出たら、ドアに鍵をかけるからね」

ハーリーは外へ出ると裏口のドアに鍵をかけ、のんびりと車庫のほうへ戻っていった。その後ろ姿を見送りながら、リサは眉間《みけん》にしわを寄せた。サイはロペスに気をつけろとくどいほど念を押していった。サイの警戒ぶりはリサを不安にさせた。でも、まさか、ロペスがまたすぐに手下を送り込んでくるとは思えない。夜中にリサの家に忍び込んだ男が、保安官に突きだされたばかりなのだから。

その一方、ロペスは口にしたことはかならず実行する男だ。だからこそ、裏社会の顔役がつとまっていると言っていい。けれど、リサにはロペスの攻撃がこれからも続くとは思えなかった。そうでなければ、どうしてサイがわたしを残して出かけるはずがあるだろう？

ひとまず安堵《あんと》して、ロペスのことを頭から追い払うと、リサはじゃがいもの皮をむく仕事に戻った。

やがて、全身オイルのしみだらけになったハーリーが、手の甲に切り傷をつけて戻ってきた。傷からは血が出ている。

「ほら」リサはすぐにハーリーをキッチンの流しへ引っぱっていった。「傷口を消毒石鹸《せっけん》で洗うのよ」

「たいした傷じゃないんだ」ハーリーは言ったが、その声は弱々しかった。

リサは小さくほほえんで、キャビネットから絆創膏《ばんそうこう》を探しだした。

「アフリカで戦ってたときに、きみがいてくれたらよかったのになあ」ハーリーはほろ苦い過去を振り返るように言った。「密林で、仲間が負傷したことがあったんだ」

「密林ですって？　ライオンにでも襲われたの？」リサは声を張りあげた。

ハーリーは洗った手をリサに差しだした。リサはその手に絆創膏をはった。「ライオンにはでくわさなかったな。でも、ゲリラなら山ほどいた」ハーリーはため息をつき、夢見るようにほほえんだ。「あれこそ男の生活さ。大義のために命がけで戦い、見返りに大金を手に入れる。戦闘訓練のコースをもうふたつみっつ受けたら、僕はアフリカへ戻るんだ。この腕で荒稼ぎしにね」

「それとも、撃ち殺されるかね」リサは言った。

「それはありえないさ。僕は接近戦が得意なんだ。これほど格闘の才能に恵まれた男ははじめてだって、教官も感心してた。ナイフだって投げられるんだ」

「相手が銃を持っていたら、ナイフじゃ歯がたたないんじゃないの？」リサは無邪気に尋ねた。

「やり方さえ知っていれば、相手の武器を奪うのはそうむずかしくない。僕には心得があるんだ」ハーリーはきっぱりと言い切った。

リサはあまりに自信満々な彼の口ぶりにたじろいだ。生半可な知識や経験は、かえって危険を招くだけではないだろうか。

「手当てしてくれてありがとう」ハーリーはにっと笑った。「トラックのオイルもれはふさいだから、あとは部品をもとの場所へはめ込むだけなんだ」

リサは絆創膏の残りを片づけながら笑った。「わたしがやったら、きっと山のように部品が残るわ。機械のことはまるでわからないの」

「僕の親父《おやじ》は修理工なんだ。僕は子どものころから機械いじりをして育ったのさ。ここみたいに大きな牧場では、そういう技術が何かと役に立つんだ」ハーリーは首を振った。

「こんな牧場をいとなむには、とてつもない金が必要だろうな。ボスは親の遺産を受け継いだに違いない」

リサは顔を伏せて、料理に専念するふりをした。「彼が自分で稼いだお金だとは思わないの？」

「それほど実入りのいい職はめったにないよ。それに、ボスは金のために危ない橋を渡るタイプじゃない。体を使った仕事をするにも、あの左腕ではね」

「そうね」黒ずくめの身なりで銃を持ったサイを見れば、ハーリーの意見も変わるかもしれない。

「絆創膏、ありがとう」ハーリーはそう言って、冷蔵庫からまた一本、飲み物の缶を取りだした。「仕事に戻るよ」

ハーリーは外へ出ていった。リサは居間でサイと交わした情熱的なキスのことをつとめて考えまいとした。サイはまた自分の殻に閉じこもってしまうだろうか？　彼は複雑な精神と、あらがいがたい魅力の持ち主だ。でも、わたしに触れてはならないと、並々ならぬ決意をかためている。残念だわ。わたしたちにはこんなにも共通点が多いのに……。

7

その日の午後、裏庭でトラックの止まる音がした。サイだ。リサは急いで裏口のドアに近づいた。

だが、それはサイではなかった。車から降りたのは、外国人らしい三人の男たちだ。ハーリーがガレージから出てきた。

「あんたたち、何か用かい？」そこはかとなく敵意をにじませた口調で、ハーリーは尋ねた。

「ミスター・パークスはどちらかな？」以前挨拶《あいさつ》に来た派手なスーツの男が、やけに愛想よくきいた。

「ボスは商用でキングズビルへ行ってるよ。帰りがいつになるかはわからないな」

「そいつは結構」男はつぶやくと、上着の下から拳銃《けんじゅう》を引き抜いた。

ハーリーはその場で凍りついた。

リサは危険を察知した。彼女はすぐさまサイの書斎へ走り、無線のスイッチを入れた。

リサはマイクに非常事態を告げた。

「そのまま家の中にいるんだ」エビニーザが即座に応答した。その声は奇妙に押し殺されていた。「サイがそっちへ向かっている」

どういうことかとリサが尋ねる前に、通信は切れた。リサは迷った。このままここで、助けが来るのを待つべきだろうか。それとも、外の様子を見に行こうか。ハーリーをあそこへ置き去りにしてきてしまった。リサの胸が罪悪感にうずいた。

リサは机の引き出しからサイの言っていた銃を取りだすと、書斎を出た。彼女はキッチンのカーテンの陰から外の様子をうかがった。ハーリーは男たちのひとりに背後から羽交いじめにされ、喉に銃を突きつけられている。スーツの男は銃を手に、そのハーリーを見下ろしていた。三人めの男は仲間ふたりと離れて、ぶらぶらとガレージの中に入っていった。

リサは銃を握りしめた。どうしよう。銃なんか撃ったこともないのに。でも、いざとなったら、わたしにだって撃てるはずだ。破裂しそうな心臓を懸命になだめているとき、こちらに向かってくる車の音が聞こえてきた。サイの赤い車が、うなりをあげて庭に突っ込む。彼はエンジンを切ると、ためらうことなくドアの外に出た。

だが、車から降りたサイは、いつもと様子が違っていた。彼は肩を落として背中を丸め、火傷《やけど》を負った左腕を右手で抱くようにしてかばいながら、のろのろとふたりの訪問者たちに近づいていった。

「サイ・パークスだな」スーツの男が冷ややかに声をかけた。

「そうだ」サイは低く答えた。

「女に用がある。いますぐここへ連れてこい」

「彼女は夫を亡くしたばかりで、その上、妊娠しているんだ」サイは男に言った。

「そんなのはこっちの知ったことじゃない。おれたちは女を連れてくるように言われただけなんでね」

サイは大きなため息をつき、あきらめをにじませた口調で言った。「いま、連れてくる」

「ミスター・パークス！」ハーリーが驚愕《きょうがく》に満ちた叫び声をあげた。「まさか、ボス……ミセス・モンローをこいつらに引き渡すつもりですか！」

「そうしなければ、こっちが殺されてしまう」サイは疲れたように言い聞かせた。ふと、サイは自分の左腕をつかんでいた右手を離した。左腕がだらりと脇《わき》にたれ下がる。そのとき、彼の右手がほんのわずかに動いた。しかし、武器を持った男たちは、不自由そうなサイの左腕に気を取られて、その動きに気づかなかった。サイは言った。「ハーリーを放してやってくれ。彼はこの牧場で働いているだけだ」

「プロの戦争屋を放せって？」男はせせら笑った。「キッチンで、こいつが女に話してるのを聞いたぜ。アフリカでは、大層な活躍だったってな」

ということは、この連中は家に盗聴器を仕かけたわけだ。サイはハーリーをちらりと見た。彼がパニックを起こして早まった行動に出なければいいが。

「あれは嘘《うそ》なんだ。信じてくれ！」ハーリーはごくりと喉を鳴らした。「僕は戦争のプロなんかじゃない。ただのカウボーイだ！」

「彼の言うとおりだ」サイは相手におもねるように言った。「それに、僕だって体のきかない、哀れな役立たずだよ」

ハーリーは顔をゆがめた。こんなに卑屈な雇い主を見るのはつらかった。

スーツの男は肩をすくめた。「あんたの腕が使いものにならないのはわかってるさ。だがこいつは、戦闘訓練を受けたと女に言ってたんだ。それでも無害なカウボーイだなんて話を信じろと言うのか？」

「いいや。それより、僕の話をうのみにしないことだな」サイは謎《なぞ》めいたつぶやきをもらすと、ハーリーに念を押すような視線を向けた。「じっとしてろよ、ハーリー。いま、ミセス・モンローを連れてくるから……」そのとき突然、サイがスーツの男の後方を見て叫んだ。「大変だ、あれを見ろ！」

一瞬、男の注意がそちらにそれた。その一瞬で十分だった。サイの手がひるがえり、矢のようにナイフが飛びだした。男が向き直るひまもなく、ナイフは深々と男の肩をえぐった。スーツの男はうめきながら銃を落とした。第一のナイフが的をつらぬくのも確かめず、サイは第二のナイフを放っていた。ナイフはハーリーに銃を突きつけている男の腕をなぎ、その腕ごと男を背後の納屋の板壁に縫いつけてしまった。男は叫び声をあげた。ハーリーはその隙《すき》に男の腕から逃れた。

サイはスーツの男の懐に飛び込み、猛烈な勢いで腹を蹴《け》った。男はナイフの刺さった肩をつかんで、そのまま地面に崩れ落ちた。

「もうひとり……男が……中にいます！」あえぎながらも、ハーリーは急き込《せ》んでサイに告げた。

「いました、だ」そう言う声とともにエビニーザ・スコットが、みじめそうな顔をした男に銃を突きつけながら納屋から出てきた。「いいタイミングだったな、サイ」

サイはそれには答えず、スーツの男が落とした銃を拾い上げた。

「こんなやり方は気が進まなかったんだ」サイは穏やかに言うと、納屋の板壁へ縫いつけられた男に歩み寄った。「だが、罠《わな》を仕かけるなら、自分の縄張りの内が一番だからな。おい、静かにしろ」ナイフを抜かれ、悲鳴をあげる男をサイは叱《しか》りつけた。「こんなのはかすり傷じゃないか！」

ハーリーは目を丸くしてサイを見つめている。彼はショックに言葉を失っていた。

「大丈夫か、ハーリー？」サイは短く尋ねた。

「も……もちろんです」ハーリーは口ごもった。

「リサの無事を確かめてくる」サイは家のほうへ歩きだした。

ハーリーははじめて見るような目で雇い主を見送った。「今の、見ました？」彼はエビニーザに言った。「あんな速さでナイフを投げるなんて！」

「あの男は無視していいって、あんたが言ったんだぞ！」壁に縫いつけられていた男が、スーツの男をなじった。

「腕がきかないと思っていたんだ！」スーツの男は肩にナイフを突き刺したままでうめいた。

「僕もそう思ってたさ」ハーリーがつぶやいた。

そのつぶやきを耳にしたエビニーザは、ぽつりと言った。「サイは見かけどおりの男じゃないんだ」

リサは家の中から一部始終を見ていた。安堵《あんど》のあまり、体から力が抜けそうだった。リサはドアを開けると、階段をのぼってくるサイに自分の体を投げだした。サイはうれしい驚きに表情をほころばせた。

サイはリサの手から銃を取り上げた。「出てきて僕を助けてくれるつもりだったのかい？」

「そうよ」リサはかすれた声で言った。「あなたが殺されるのを黙って見ているつもりはなかったわ」

サイはあたたかい目でリサの紅潮した顔を見つめた。「支援をあてにできるなんて、心強いな」

リサはほほえんで彼の顔を見上げた。そのとき、サイレンを鳴らしながら二台のパトロールカーがこちらに近づいてきた。「支援って言えば、これは全部あなたが仕組んだことだったの？」

サイは肩をすくめた。「エブが計画を立てて、僕を説き伏せたんだ。僕が出かけたとき、エブはもう納屋の中にひそんでいたのさ」サイは納屋に目を向けた。そこには、みじめな顔をしたハーリーが、板壁に寄りかかって立っていた。かたわらでは、三人の男たちが手錠をかけられている。「僕が知らなかったのは、ロペスが家に盗聴器を仕かけさせたことだ。探しだして残らず処分しなくては」

「あの人たち、わたしたちの会話を盗み聞きしていたの？」リサが心配そうに尋ねた。

サイはリサの顔を見下ろした。さっき彼が出かける前に居間で起きた出来事をリサは心配しているのだ。サイの口もとがうっすらとほころんだ。「全部じゃないさ。たぶん、盗聴器が仕かけてあるのはキッチンだろう。僕らはあそこで過ごす時間が長いから」

「そう」リサは安堵のため息をついた。

「あそこで保安官代理と話をしてきたほうがよさそうだ。きみはもう大丈夫かい？」彼はリサに尋ねた。

リサはにっこりした。「もちろんよ。あなたは？」

「なにしろ僕は虫も殺せない男でね」サイはそう答えると、リサにウインクして歩き去った。

三人の男たちはパトカーに押し込まれた。それを見とどけてから、サイはハーリーに近づいた。

「僕はただの大ぼら吹きです」ハーリーは自分をあざ笑った。彼はまともにサイの目を見ることもできないようだった。「あれだけ大きなことを言っておいて、どうです。あんな連中にたわいもなくあしらわれてしまった。僕は口ばっかりのいんちき野郎だ。こんな男はこの場で首にするべきですよ、ボス」

サイはほほえんだ。ハーリーもようやく大人の分別を身につけようとしている。さっきの出来事がよほどこたえたようだ。

「おまえを首にしたら、毎朝誰がリサの卵を集めるんだ？」サイは尋ねた。

この奇妙な質問に、ハーリーはおずおずと目を上げた。彼を見下ろす雇い主の瞳は、おもしろそうにきらめいている。

「僕を首にしないんですか？」

「今日のところはな」サイは答えた。「ガレージへ戻って、トラックの修理を終わらせるんだ」

ハーリーはまだ少しショックの余波で混乱していた。だが、彼の雇い主は髪の毛ひとすじ乱していない。ハーリーは弱々しくほほえんだ。「ナイフの投げ方なんかは軍隊でならったんでしょうね。ボスは、ええと、軍隊にいたんでしょう?」

「一時な」

「その、すごかったです。ナイフをあんなふうにあやつれるなんて、驚きだ」

「ときどき練習してるんだ」

ハーリーは歩きだしたサイのあとを追いかけた。「ボスの演技で、連中すっかり油断してましたよね。ボスは敵じゃないと、頭から思い込んでた」

「どんなときも、相手を見くびらないことだ」サイは足をゆるめずに言った。

「つまり、ええと、実際に何度か戦ったことがあるんですか?」

サイは謎めいたまなざしで彼を振り返った。「余計な詮索《せんさく》はやめて、仕事に戻るんだ、ハーリー」

そして、またサイは家に向かって歩きだした。ハーリーは好奇心ではちきれそうになりながら、その後ろ姿を見送った。足もとの草むらに銃が落ちていた。さっき、彼を脅していた男が落とした銃だ。衝動的に、ハーリーはその銃を拾い上げると、サイの背中に向かって投げつけた。

まるで肌で危険を嗅《か》ぎ取ったように、サイはくるりと身をひるがえして空中で銃を受け止めた。そして、次の瞬間にはハーリーの鼻先にその銃が突きつけられていた。ハーリーはその場で凍りついた。

サイはののしりの言葉を吐いて、銃を下ろした。「もう一度やったら、撃つぞ、ハーリー！」彼はうなるように言うと、保安官代理に銃を渡すために歩きだした。

ハーリーはためていた息を吐きだした。いまのサイ・パークスのようなことができるのは、極めて特殊な訓練を受けた男たちだけだ。しかも正規の軍隊ではない、とびきりのエリート部隊で。ハーリーは急に腰から下がゴムになったような感じに襲われた。

リサはひと晩中よく寝つけなかった。眠ると夢を見た。サイが銃を構えた男の前に立ちはだかり、ナイフを投げようとするが間に合わず……。リサは叫び声をあげ、汗にまみれて飛び起きた。

寝室のドアが開いた。パジャマの下だけを身につけたサイが、そこに立っていた。

「声が聞こえたんだ」サイは心配そうに言った。

スウェットパンツと白いTシャツを着たリサは、ベッドの上で膝をかかえた。

「起こしてしまったならごめんなさい」リサは小さな声であやまった。「大変な一日だったせいだわ」

「僕にとってもそうだった。こんなことに巻き込まれて、気の毒だったね」

リサは長い髪をかき上げた。「これでロペスは、あなたのこともつけ狙《ねら》いだすんじゃないかしら」

「いいや、やつの狙いはあくまできみだ。今回の襲撃は小手調べにすぎない。ここの守りを確かめたかったんだろう」

「また何か、仕かけてくると思うの？」

「ああ、そう思う」サイは静かに答えた。

「わたしはどうしたらいいのかしら？　いつまでもここにはいられないし……」

「どうしてだい？」

「だって……」

サイはベッドの脇にまわると、彼女の横に腰を下ろした。「いいかい、リサ。きみがここにいるかぎり、僕はきみを守ってやれる。これから子どもだって生まれるし、きみには誰かの助けが必要なんだ。ここにいられない理由なんか何もないじゃないか」

リサは不安そうに瞳を曇らせた。「サイ、わたしたちのことはもう噂《うわさ》になってるわ……」

「僕らが結婚すれば、噂は消えるさ」

リサははっと息をのんだ。そして、はにかんだ表情で彼を見た。「結婚」

「結婚だ」

リサはその申し出を考えてみた。わたしは夫を失ったばかりの女だ。町の人たちは、わたしのことをどう思うだろう？

「僕たちはこの町で起きていることを大々的にふれ歩いているわけじゃない。だが、当局の人間は、きみが身を守るためにここにいることを知っている。ほかの大多数の人たちは、ふたりが結婚すれば口をつぐむさ。そのための便宜的な結婚だ」

リサはほんの少しがっかりした。そんな気持ちが、顔に出ていなければいいけれど。

「わかったわ」しばらくしてリサは言った。「でも、ロペスのことにけりがついたら、わたしをここから追いだしていいのよ」彼女は苦労してほほえんだ。

「公平な取り決めだな」サイはうなずいた。彼は注意深くいっさいの感情を表に出さなかった。「だが、そのときまでに、きみがここから出ていきたいと思うようになっていたらの話だ。僕はこんな申し出をほかの女性にしたことはない。結婚にはいい思い出がないんだ。もしもきみがロペスに狙われなかったら、こんなことは言いださなかっただろう」

「わかってるわ」

「きみに魅力がないわけじゃないんだ」思いがけず、サイは言った。「きみが僕にどんな影響を与えるか、隠したことはなかっただろう。だが、きみは夫と死に別れたばかりだし、おなかには子どももいる。そんなきみの弱みにつけ込むことはできないんだ」

サイの言うことは謎めいていて、リサにはよくわからなかった。まるで、そのときが来てもわたしを手放したくないみたいだ。でも、彼がいま口にした以上の理由でわたしと結婚したがるはずはない。彼はわたしと赤ん坊を守り、友情で包むために結婚しようとしているのだ。わたしには彼の申し出を断ることはできない。彼との暮らしは天国だろう。たとえ友人同士の域を越えない関係であっても。

「あなたはそれが正しい選択だと思うの？」リサは心もとなげにきいた。

「ああ、思う」サイはきっぱりと答えた。

「わたし、邪魔になるかもしれないわ」

サイの胸が呼吸に合わせて上下した。彼は激しい飢えをむきだしにして彼女を見ていた。顔を上げたリサは、その瞳に映る欲望をはっきりと読み取った。

無意識に、リサはかかえていた膝を下ろした。彼の目はすぐさま薄い布におおわれた胸のふくらみに移った。先端があわく透けて見えている。

サイの呼吸が変わった。リサの瞳も彼の広い胸に吸い寄せられた。彼の手ざわりはどんなだろう。

「無謀な運だめしはしないことだ」サイはかすれた声で言った。

リサは彼の目を見た。「わたしが欲しいのね」

サイはゆっくりとうなずいた。彼の視線が胸のふくらみに戻った。リサのまなざしも彼の裸の胸をさまよった。しんとした部屋の中に、ふたりの荒い息づかいだけが大きく響く。耳の奥で、心臓の乱れ打つ音がした。

リサは身震いした。すると彼が歯を食いしばった。「赤ん坊は育ちはじめたばかりだ。それにきみの腹痛のこともある。危険は冒せない」

「そんなつもりじゃなかったわ」リサはささやくと、下唇を噛《か》み、彼の厳しい表情を探るように見た。「わからないわ。わたし、一度もこんなふうに……感じたことはなかったの。なんだかこわいのよ」

「どんなふうに感じたんだい?」彼は尋ねた。「言ってくれ、リサ」

彼女は真っ赤になった。「言えないわ!」

サイは彼女の両腕をつかんで、自分の胸に引き寄せた。そして、片方の手で彼女の長い髪を撫《な》でた。リサは力なく彼にもたれかかった。彼女は浅い息をつきながら、彼の穏やかでやさしい目を見上げた。

「じゃあ、僕が代わりに言おう。きみはTシャツを脱いで、きみ自身を僕の目にさらしたいと思った」サイはささやいた。彼の親指が彼女の唇をそっとなぞる。「体が熱くて、抑えがきかない感じだ。だから、きみはこわがってる」

リサはまた身震いした。「ウォルトとのときは、こんなふうじゃなかったの」

サイの大きな手が喉をたどって下へ下りた。彼はリサの目を見つめながら、Tシャツの上からかたくなった頂に触れ、そっと押した。

リサは思わず目を閉じ、か細い声をあげた。ほてった顔を彼の腕に押しつける。サイは自分の頬をリサの頬につけ、やさしく彼女の体を愛撫《あいぶ》した。

リサは爪が食い込むほど強く彼の胸にすがりついた。閉じたまぶたの上に彼の唇を感じる。それと同時に、彼の手がＴシャツの中にすべり込んだ。リサはなすすべもなく体を弓なりにそらせた。

サイはリサの唇にキスしながら小さくほほえんだ。そうしながらも、手はなめらかな肌を探りつづける。

リサはうめき声をあげ、目を大きく見開いた。

サイはリサのＴシャツを肩まで引き上げ、はりつめたふくらみを手で確かめながら見つめた。不思議だ。彼女の胸にはまだ妊娠の兆候が現れていない。サイは妊娠中の妻の体を思いだした。女性によって時期や現れ方に違いがあるのだろうか。

「わたし、とても小さいの」リサはささやいた。

「大きさが関係あるとでも思うのかい？」

「そうでなかったら、男の人たちがヌード雑誌を買うわけはないわ……」

「ああいう雑誌を買う男たちは、相手をしてくれる生身の女性と縁がないのさ」

「そうなの？」リサは恥ずかしそうに笑った。

「そうだ」

サイはリサの胸のふくらみを見下ろした。唇を押しつけたらどんな感じだろう。体が欲望にこわばる。あまりの激しさに痛みを感じるほどだ。

「わたしの体にキスしたいのね?」リサは大胆な気持ちになって尋ねた。「いいのよ……してもも」

「わかってる」サイはリサの目を見つめた。「そうなったら、次に何が起きると思う?」

リサの頬が真っ赤になった。

サイは目を細めた。「もうやめないと。自分の部屋へ戻るのがもっとつらくなる」

リサは呼吸を整えて、体のうずきを懸命になだめた。すると、自分のふるまいが急に恥ずかしくなった。顔をしかめてTシャツをもとに戻し、彼の腕の中から抜けだす。

「ごめんなさい」彼女は目を上げずに言った。

「あやまることはないさ」サイは立ち上がった。彼は欲望の名残がくすぶる瞳でリサを見下ろした。リサも同じ目つきで彼を見た。「まず、結婚だ」サイはその燃えるまなざしとは裏腹な、押し殺した口調で言った。「それから、医者に相談する。危険がなければ、きみを抱くよ。きみも同じ気持ちだったらの話だが」

「わたしも同じ気持ちよ」彼女は正直に告げた。そして、上がけの下にすべり込んだ。

「あなたがあの男たちに傷つけられなくてよかった」

「ハーリーはだいぶまいってるようだな」

「そうね。でも、彼だってまんざら弱くもなかったじゃない」リサはほほえんで言いそえた。

サイはハーリーに対するリサの思いやりが気に入らなかった。リサは若い。それに、女性としての正常な体の衝動も持ち合わせている。サイはリサといますぐにでも結婚したかった。ハーリーがリサの心に入り込む前に。もしかしたら、彼女は自分にやさしくしてくれる相手だったら誰にでも同じ情熱を感じるのかもしれない。ハーリーをこれ以上リサに近づけないようにしなくては。

「怒ってるみたいね」リサはサイの顔を見て言った。

サイは無理にほほえんだ。「欲求不満なんだ」

「まあ」

「きみの胸はまだふくらんできていないな」彼はあけすけに言った。「妊娠したら体がどうなるか、医者から話を聞いたかい？」

「ええ」リサは恥ずかしさと闘いながら答えた。「わたしはまだ体に変化が現れる段階まではいっていないんだと思うわ」

「それなら説明がつくな」彼はドアに歩み寄った。「何かあったら、僕を呼ぶんだよ」

「いまのうちに呼んでおきましょうか。自分の部屋へ帰る手間を省いてあげるわ」

サイは低く笑った。「まだだ。先にすませることがある」

リサはため息をついた。「わかったわ。ボスはあなたよ」

「そのとおりだ」彼はつぶやいた。「だが、それもそう長くは続きそうにないな」サイは不思議そうな顔のリサを残して部屋を出た。

8

一週間後、治安判事立ち会いのもとに、サイとリサは結婚した。リサはシンプルなベージュのドレスを着て、役所での簡素な式にのぞんだ。

今日から夫となったハンサムで無口な男性のそばに立つと、リサの体はどうしようもなく震えてくるのだった。サイはわたしが彼を欲しがっていることを知っている。そして、彼もわたしを欲しがっている。でも、互いの激しい欲望を除けば、サイがわたしに差しだしてくれているのは、危険を避ける避難所だ。永遠の愛ではない。ロペスが逮捕されたら、ふたりの結婚生活も終わるのだ。そのことを肝に銘じておかなくては。

役所近くの会場で、ささやかな披露宴が催された。知人たちに囲まれて、新郎と新婦は一緒にケーキを切り、最初のひと切れをふたりで分け合った。その場面を、サイの雇ったカメラマンがフィルムにおさめた。後日、リサはその写真を見ておおいに困惑した。写真に写っている自分は、どう見ても新郎に首ったけの花嫁にしか見えなかったからだ。

披露宴のあと、ふたりはサイの牧場に戻った。リサは急いで家の中に入った。腕のせいで、花嫁を抱いて敷居をまたぐことができないサイの気持ちを思いやったつもりだった。

ところが、この行動が思いがけず、サイの怒りを招いた。

玄関のドアが大きな音をたてて閉まった。サイは寝室でリサに追いついた。

瞳をぎらつかせ、サイは後ろ手にドアを閉めた。

「看板を作って、扉の前に立てかけておいたらどうだ？」彼は怒りをあらわにして言った。「確かに僕の左腕は前ほど器用に動かないさ。だが、きみを抱いて敷居をまたぐくらいのことはできるんだ！」

リサは彼の剣幕に驚いて、大きく目をみはった。「あなたに気まずい思いをさせたくなかっただけなの。侮辱するつもりなんてなかったわ」

サイは上着を脱いで椅子の背に放《ほう》った。続いてネクタイもほどいた。シャツのボタンをはずしながら、彼はリサに近づいた。

サイをこわがる理由なんて何もない。そう思っても、リサの膝からは力が抜けていった。サイは圧倒されるくらいに魅力的だ。彼女の心臓がおかしくなったように打っているのは、恐怖のためではなかった。

サイは手首をつかんでリサを引き寄せた。鋭く光る彼の瞳が、驚きに見開かれたリサの目を探った。僕の反応は度を越している。だが、それも無理はないかもしれない。三年以上も女性に触れていないのだから。しかも、目の前には僕の妻となったリサがいる。これほど激しい欲望を誰かに感じたことはない。サイは赤ん坊のことを考えて少しためらった。

「医者には相談したのかい？」

「おなかの痛みもおさまったし、お医者さまは大丈夫だと言ってらしたわ」リサはかすれた声で言った。

サイはリサの唇にそっとキスした。だが、すぐに彼の唇は飢えたようにリサをむさぼりはじめた。

リサのやわらかいうめき声を聞くと、サイの激情に火がついた。彼はリサの体を軽々と抱き上げ、唇を重ねたままベッドに運んだ。

まだ日は高い。けれども、リサはなんのためらいも感じなかった。サイはリサの全身に手を這《は》わせながら着ているものを残らず脱がせた。ウォルトとは二回ともあわただしく終わってしまった。でも、サイはまるで急がない。彼がシャツを脱ぎ終わるまでに、リサはかきたてられた快感に身もだえしていた。リサは爪のあとがつくほどきつく彼の肩をつかんだ。あとからあとから新たな快感が突き上げてくる。まるで結婚を申し込まれた夜のようだったが、いまはサイも抑制をかなぐり捨てようとしていた。

長いこと女性に触れていなかった男性が、これほど辛抱強くなれるなんて信じられない。サイはリサのじれったそうな動きに低い笑い声をあげた。けれど、まだ彼女の望みをかなえてくれようとはしなかった。彼の唇があちこちをさまよいながら下に向かいはじめると、リサは大きく体を震わせた。彼の息が胸の先端をかすめる。するとその瞬間、リサは体が宙に放りだされたような感覚に襲われた。やがて、彼の唇が胸の頂をおおい、やさしく吸いはじめた。リサは叫び声をあげた。

サイはリサの素直な反応がうれしかった。結婚していたはずなのに、誰にも触れられたことのない女性のように応じている。からみつく腕、よろこびの声、震える体、すべてがサイを刺激した。最初の妻と結婚する前には、サイは女性に不自由したことはなかった。だが、その妻を失ってから、彼はずっとひとりだった。しかし、いまは違う。自分が体の下に組み敷いているこの女性は、彼の妻なのだ。込み上げる快感に、サイはリサの胸に顔をうずめたまま低くうめいた。ついに彼の抑制がはじけ飛んだ。

サイは残りの衣類を脱ぎ捨てると、ふたたびリサの上におおいかぶさった。彼を迎えようとするリサの体にさざなみのような震えが走る。

「サイ！」リサは彼の腕に爪を立てた。

サイはゆっくりと体を進めながら、リサの唇に唇を重ねた。「こわがらなくていい。気をつけるから」リサの声に不安の響きを聞き取って、サイは言った。「赤ん坊を傷つけたりはしないよ」

それはリサの考えていたことではなかった。一瞬、彼女は自分を恥ずかしく思った。でも、不安を感じた本当の理由を口にすることはできなかった。リサは自分の華奢《きやしや》な体が、彼を受け入れられるか不安だったのだ。彼はウォルトとは違う……。

彼がそっと動く。リサは体を駆け抜ける激しい喜悦にあえぎ声をあげた。自分でも気づかないまま、リサは彼の動きを誘うように腰を突き上げていた。

男の所有欲をむきだしにしたサイの瞳が、リサの目をのぞき込む。「こうしてほしいのかい？」

リサは返事をすることもできなかった。だが、サイには返事など必要なかった。彼は体の位置をずらすと、もう一度腰を動かした。リサはぎゅっと目を閉じ、震えながらあえいだ。こんなにも強烈な快感が存在するなんて、想像もしなかった！

リサはサイの喉元でせがむようにすすり泣いた。リサの体もそれに応《こた》えて波打った。彼はリサの唇をしっかりとキスでおおうと、激しく動きはじめた。リサは長い脚を彼の腰にからませ、体を弓なりにそらせて力いっぱいしがみついた。サイはふたりが同時にのぼりつめていくのを感じた。

予想を超える絶頂感だった。サイはリサとともに恍惚《こうこつ》の境をさまよった。ああ、まるで、あたたかなベルベットに包まれているようだ……。

「いやよ！」歓喜の波が引きはじめると、リサは思わず声をあげた。「いや、いや……」

「どうしたんだい？」サイはリサの耳もとでささやいた。「どこか、痛くしたのか？」

「続かなかったわ」リサはすすり泣いた。「わたし……引き延ばせなかった……」

サイは即座に理解した。彼は唇で彼女のぬれたまぶたに触れ、浅い息をくり返す唇にキスした。「きみの体のためには、手加減しないとね」ささやいて、サイは彼女の下唇をそっと噛《か》んだ。

リサはサイの下で動いてみた。かたく重い体がぴったりと自分に密着しているのをあらためて感じる。リサは恥ずかしそうに目を上げた。

サイは親指で彼女の唇をなぞった。

「まるでバージンと愛を交わしてるみたいだった」

「似たようなものだわ」リサは指で彼の腕のかたい筋肉をたどった。左腕には肘から手まで火傷《やけど》のあとが残っている。でも、そのほかの部分は、目につく傷跡を別にすれば、完璧《かんぺき》だった。

サイは彼女のほつれた髪を撫《な》でた。と、その手がリサのヘアピンを髪から抜きはじめた。

「これでいい」サイはほほえんだ。

ふたりの体はまだ深く結びついたままだ。

サイは腰を思わせぶりに揺らした。リサの体がびくんと反応する。

サイは彼女の目を見つめたまま、その動きをくり返す。リサはせがむように腰を押しつけた。

サイはリサに唇を重ね、彼女を抱いた姿勢で横向きに寝そべった。そして、彼女の脚の間に自分の脚をすべり込ませた。ふたたびかきたてられたよろこびに、リサの体が小刻みに震えはじめた……。

ふたりはキッチンで質素な夕食をとった。サイはリサから目を離すことができなかった。リサもごく些細《ささい》な機会をとらえては、サイに触れずにいられないらしい。ふたりの間には、肉体の欲求以上のものが通い合っていた。過去にサイは、気まぐれな情事の相手から妻にした女性まで、多くの女性と関係を持ってきた。だが、これほど心の奥底に根差したつながりを感じる相手ははじめてだった。

サイのまなざしがリサの腹部に落ちた。そのとたん、彼は不意打ちのような激しい嫉妬《しっと》に襲われた。リサはほかの男の子どもを身ごもっている。最初にリサをこの家へ招いたのは、彼女に対する同情と好意からだった。その気持ちが次第に欲望と所有欲とに姿を変え、ハーリーが彼女の手を握っているのを見てからは、四六時中、嫉妬に心をさいなまれるようになった。だが、とうとうリサとベッドをともにしてみると、今度は彼女の亡くなった夫と、おなかの子どもに嫉妬している。サイは自分自身の荒れ狂う胸の内が理解できなかった。どうしてリサに対してこれほどの独占欲を感じるのだろう。こんな気持ちになるなんて予定外だ。僕はリサを守るために結婚したのだ。彼女と末永く添い遂げるつもりなんて、まったくなかった。ふたりの結婚は便宜的なものだ。確かに僕は長いこと女性に触れていなかった。だが、この激しすぎる欲求はそれだけでは説明がつかない。

サイは突然手にあまりだした自分の感情に当惑し、むっつりと考え込んだ。僕は自分で自分に課した領域を踏み越えてしまった。リサの体の状態を考えたら、もう危険は冒せない。この手に負えない衝動は力ずくで押し殺すべきなのだ。

リサはサイの険しい表情に目をとめて、怪訝《けげん》そうに尋ねた。「どうかしたの?」

サイは答えずに肩をすくめた。何事かを思い迷うように、親指がぼんやりとフォークの柄をなぞっている。サイはいつも以上に口数が少なかった。

リサは次第に不安になってきた。ベッドでは、身も心も彼とひとつになったと感じることができた。それなのに、いまのサイは、突然よそよそしい隣人に戻ってしまったかのようだ。わたしが何か気にさわるようなことをしたのだろうか。もしかしたら、さっきのわたしはあまりに……積極的すぎたのかもしれない。リサは自分の奔放なふるまいを思いだして赤くなった。ひょっとすると、サイはつつしみのない女性は苦手なのかもしれない。不平めいたことは言わなかったけれど、寝室を離れてから急に黙り込んでしまったもの。今度から、あまり我を忘れないように気をつけないと。

リサは無理をしてほほえんだ。「コーヒーのおかわりはいかが?」

サイは無言でカップを差しだした。彼は自分自身に腹を立てていた。僕が嫉妬なんかするいわれはないんだ。リサと結婚したのは、彼女をロペスから守り、子どもの養育に手を貸すためだ。寝室での情熱的な出来事は、ふたりの取り決めには含まれていない。リサを誘惑したことで、僕は彼女との信頼関係を損ねてしまった。それに、結婚したからといって、ロペスの脅威が去ったわけでもない。

まだ、例の養蜂《ようほう》業者の倉庫の件が解決されずに残っている。銃を持った男たちがこの家の庭先に現れた日から、サイは用心のためにハーリーの夜の監視を中止させていた。その代わり、倉庫周辺に赤外線スコープでも感知できない監視機器を設置した。このことはハーリーには教えていない。ハーリーはあの日、雇い主がふたりの男をいとも簡単に片づけてしまったショックから、まだ立ち直っていないようだ。彼はあれこれ詮索《せんさく》するのはやめたが、遠くから注意深くサイの様子をうかがっていた。おまけに、リサがひとりきりのときは、彼女に近づこうともしない。その警戒ぶりは見ていて滑稽《こっけい》なほどだった。

リサは椅子を立って食器を流しに運んだ。サイは彼女の手間を省くために、自分の食器をきちんと積み重ねた。テーブルの上が片づくと、リサは流しにお湯をためてその中に洗剤を流し込んだ。

「皿洗い機を買わないとな」ふいにサイが言いだした。「夕食に客を呼ぶこともあるだろうから……」

「わたし、お皿を手で洗うのはちっともかまわないわ」リサは眼鏡越しにサイの顔色をうかがった。

彼はカウンターに寄りかかってよそよそしい表情でリサの全身を眺め、顔をしかめた。

「さっきは手加減できなくて悪かった。体の具合はどうだい?」無愛想に尋ねる。

「最高よ!」リサはほほえんだ。「おなかの痛みはおさまったし、いまだにつわりとも無縁なの」

サイは眉を寄せた。リサの外見には、これといった変化がまるでない。彼は急に落ち着かない気分に襲われた。妊娠検査は絶対に確かというわけではない。もしかしたら、リサは妊娠していないのではないだろうか。だが、彼女が死んだ夫の子どもを身ごもっていなかったとしても、いまでは僕の子を妊娠している可能性がある。さっきはなんの予防措置も講じなかったのだから。僕はリサの身を守るために一時の結婚を申し込んだ。そのリサを僕が妊娠させるなんて、予定外もいいところだ。僕は彼女との間に確固たる絆《きずな》など望んでいない……そうだろう?

リサはサイのからみつくような視線に気づいた。「何を見てるの?」彼女は落ち着かなげに尋ねた。

「髪を下ろしているほうが、僕は好きだな」サイはそう言ってはぐらかした。

「そう?」リサは小さくほほえんで、髪の房を後ろへ払いのけた。「長いから、洗うのが大変なのよ」

「そうだ、ハーリーにきみの子犬を洗ってもらったよ」サイは差しさわりのない話題を持ちだした。

「頼んでくれたの？　どうもありがとう」

リサは話をしながらせっせと手を動かしている。

「子犬と言えば、きみがこちらへ越してくる前は、あいつは家の中で寝てたんじゃないのかい？」

「ええ、そうよ。だけど、あの子は体が大きくて不器用だし、ここには壊れやすいものがたくさん置いてあるでしょう。大丈夫、あの子はボブと一緒で満足してるわ。納屋の中はとてもあたたかいんですもの。それに、びっくりするほど衛生的だしね」

「僕は家畜の健康に気を使うたちなんだ。衛生状態はことに重要でね」彼はキッチンの中を見まわした。「僕は自分ではなかなかこまめに家事をやるほうだと思っていたんだ。だが、きみが来てから、ここはずいぶんと快適な場所になったね」

「わたしは家事が好きなのよ。昔から、主婦になったらきっと水を得た魚みたいに腕を振るえるだろうと思っていたわ。これまで、そのことを証明する機会がなかったけど」

サイはリサによってもたらされた変化を考えて顔をしかめた。彼は毎晩家へ戻ったとき、リサがいることに慣れてしまった。リサがキッチンの窓につけたフリルのカーテンや、テーブルの上に飾った造花も好きだった。サイはリサをもとの家へ帰す日のことを想像してみた。考えただけでぞっとする。

サイはリサの腹部に視線を下げ、急いで目をそらした。リサはそのことに気づいて唇を噛んだ。

「わたしが妊娠していることが気に入らないの？」出し抜けに、リサはきいた。

サイは返事に窮した。「赤ん坊はきみにとって、大きななぐさめになるはずだ」彼はゆっくりと言った。「ご亭主が死んだいまとなっては」

ウォルトと結婚していた実感なんて、まるでないわ。リサは心の中でつぶやいた。亡くなった夫に抱かれたのは、たったの二回だけだった。しかも、彼は普段からめったに家に寄りつかなかったのだ。ウォルトが彼女と結婚したのは、恋に破れた反動だった。一方、リサは父親が死んでからというもの、とても孤独だった。便宜的な結婚だって、それほど悪くはないわ。リサは自分にそう言い聞かせて結婚した。でも、ウォルトがリサを愛することはなかったし、リサも彼を愛せなかった。そして、わたしはいま、二度めの便宜結婚をしてしまったわけだ。またしても、わたしとの永遠の絆など望んでもいない男性と。

「わたしはずっと子どもが欲しかったの」リサは軽い口調で言った。

サイは自分の息子のことを思いだした。そして、その子がどれほどむごいやり方で殺されたかを思うと、自然に彼の思考の流れはロペスに対する復讐《ふくしゅう》へと向かった。

リサは彼の顔に浮かんだ表情を見て、眉を寄せた。サイがふたりの間に起きたことを後悔しているのは間違いない。わたしも同じように悔やむことができたらいいのに。でも、あれほど誰かと一体感を感じたのは、生まれてはじめてだった。

「ところで、さっきはごめんなさい」リサは静かに切りだした。「わたしを抱いて敷居をまたがせなかったことよ。本当に悪気はなかったの」

サイはしばらく彼女を見つめてから、口を開いた。「ひどい火傷を負ったのは事実だが、以前できたことは、ほとんどなんでもできるんだ。見せびらかしはしないがね」彼はゆっくりと言いそえた。「火傷のおかげで、相手を油断させることができる。エブの経歴が世間に知れ渡って以来、ことに重宝しているよ」

「あなた、以前の仕事を人に知られたくないのね」リサはサイが言おうとしていることを察した。「だけど、ハーリーは気づいているわよ。このごろは、あなたを怒らせまいと必死だもの」

「僕に撃たれなかっただけ、あいつは運がいいんだ」サイは目を細めた。「あれを見てたのかい？」

リサはうなずいた。

「それなのに、僕にはきみを抱いて運ぶのは無理だと思ったのか」

リサはごほんと咳《せき》払いをした。「正直に言うと、あのときは、なんだかとても落ち着かない気分だったの。ウォルトはごく普通の男性だった。でも、あなたの場合は、そばにいるだけで膝が震えたわ。わたし、あなたのことが少しこわかったのよ」

「どうして？」

リサは肩をすくめた。「あなたに言ってなかったことがあるの。わたし、ウォルトとはたった二度しかベッドをともにしていないのよ。しかも、二度ともぎこちなくて、あっと言う間に終わってしまった。あなたが……経験豊かなことはわかっているわ。だから、わたしじゃ物足りないだろうと思ったのよ」

そういうことだったのか。リサはベッドへ行くことを考えて、おびえていたわけだ。

「気がつかなくて、すまなかった」サイはいらだった口調であやまった。

「あなたのせいじゃないわ」リサは赤くなった。

次第にさまざまなことが明らかになってくる。リサが夫とたった二度しか肌を合わせておらず、その上、ろくな満足も得ていないとしたら、さっきの出来事にはさぞ驚いたことだろう。不思議だ。いまどき、大抵の女性はうぶとはほど遠いのに。リサを見つめるサイの目が陰った。リサはとても大人びて見える。それなのに、ときどき妙に幼く感じられて仕方がない。

「わたしたち、夜は一緒に寝るの？」リサは勇気がしぼまないうちに尋ねた。

「いや」彼はそっけなく答えた。「さっきはあんなことになるべきじゃなかった。もう赤ん坊を危険にさらすつもりはない」

リサは失望を隠した。やっぱり、サイはわたしが気に入らなかったのだ。男性にとって、ベッドでのわたしはよほど魅力に欠ける存在なのだろう。「わかったわ」リサは強いて軽い口調で言った。

リサがこれといった動揺を見せないので、サイはほっとした。いまのところ目につく兆候がないとしても、リサが妊娠している可能性は依然として残っているのだ。もし本当にリサがウォルトの子どもを身ごもっているなら、僕のせいでその子を失うようなことになってはならない。それに、ふたりが便宜上の夫婦でいる間、彼女に触れるのも御法度だ。ロペスの件が片づいたら、リサをもとの家に帰してやろう。そして、ひっそりと結婚無効の申し立てをすればいい。僕はもう二度と人を愛するつもりはない。その人を失う悲しみを、また味わうのはごめんだ。

リサは無性にいたたまれない気持ちだった。わたしがベッドでサイを失望させたのも無理はない。まるでおもしろみのない、うぶな田舎娘なのだから。彼にわたしの年を知られていなくてよかった。彼が知っていたら、むっつりと黙り込むだけではすまなかっただろう。

「僕は出かけるよ。帰りは遅くなる」

リサはうなずいた。「ええ」

サイはドアに近づきかけ、途中で足を止めて振り返った。リサを見る目に、一瞬激しい独占欲がひらめいた。リサの頬が赤く染まる。サイは無理やり彼女から目をそらした。リサに対するこの過度な執着心を捨てなくては。ふたりには未来などないのだから。サイはそのまま何も言わずに外へ出た。

9

二週間が過ぎた。パークス家の住人たちは互いに礼儀正しく、よそよそしいままだった。三人の男たちの襲撃があったその日のうちに、サイは家の中に仕かけられた盗聴器をひとつ残らず見つけだして処分していた。ロペスの部下たちがどれくらいの期間、盗聴を続けていたかはわからないが、状況から見て、それほど長いことではなさそうだ。

牧場に隣接した倉庫の様子は監視装置によって録画され、あとでサイがその映像をチェックしている。敷地内にはこれみよがしに蜂《はち》の巣箱が置かれており、最近、とれた蜂蜜《はちみつ》の加工に使われるらしい工場が新しく建てられた。麻薬の存在を示すものは何もないが、倉庫につめる男たちの数と、大型トラックの台数がここへ来て急に増えていた。ロペスは近々、この倉庫を使った本格的な麻薬取り引きに乗りだすつもりのようだ。

ある日、サイは麻薬密売人たちの動静を知るために、エビニーザ・スコットの自宅を訪れた。

「メキシコ湾で当局が株を上げたぞ」エビニーザは淡々と言った。「麻薬を積んだ小型船船を、沿岸警備隊の船が急襲したんだ。麻薬取締局の連中は、とてつもない分量のコカインを押収したそうだ」

「くそ」サイはいまいましげにつぶやいた。「それに比べて、こっちはどうだ」

「まあ、そう言うな」エビニーザはサイをなだめた。

「僕はロペスのやつを現行犯で取り押さえたいんだ」それも、いますぐにだ。サイは心の中でつけ加えた。早くしないと、リサに対する欲望が堰《せき》を切ってあふれだしてしまう。引きしまったサイの顔に、フラストレーションが新たなしわを刻んでいた。「いまも、やつらは噴火寸前の火山みたいに僕らの鼻先に居座りつづけている。それなのに、こっちは手も足も出せないんだ。例の〝たれ込み〟の話は聞いただろう」

「ああ、聞いた」エビニーザはうなずいた。「養蜂《ようほう》業者が麻薬密売にかかわっている。そう匿名で保安官に知らせたのは、明らかにロペスの部下だな」彼は首を振った。「感心するほどずる賢い連中だ。これでよほどの証拠がないかぎり、当局はあそこへ踏み込めなくなった」

「しかも、連中のしっぽをつかむのは至難の業ときている」

「そのとおりだ」エビニーザは椅子から身を乗りだして、サイの顔をしげしげと眺めた。「なんだか老けたたな」

サイは顔をしかめた。「男は結婚するとこうなるんだ」

「僕の場合は正反対だったが」

「ああ、知ってるさ。マイカ・スティールはまだ町にいるのか？」唐突に、サイは尋ねた。

「行ったり来たりだよ。仕事でいまはいないが、来週には戻るはずだ」

「僕たちでロペスをつかまえて、ロドリゴが始末される前に組織から助けだせないかな。あいつに僕たちの巻き添えをくわせたくないんだ」

「僕だってそう思うさ。だが、ロドリゴはベテランだ。ダッチやJ・D、それにラレモスも顔負けのな。ロドリゴに一からこの仕事のやり方を教えたのは、あいつらだぞ」

「あの連中は超一流だ」

「僕らだって、そう捨てたもんでもないさ」エビニーザはおかしそうに笑った。「昔の仲間はみんな、死ぬか家庭に落ち着くかだな。だが、僕個人の意見では、結婚ってのはすごい冒険だと思うがね」

「中にはそういう結婚もあるな」サイは熱のない口ぶりであいづちを打った。

「ところで、サリーの叔母のジェシカがダラスと結婚して、息子のスティービーと一緒にヒューストンへ戻ってきたんだ」エビニーザは言った。

「少なくとも、これで彼女のことはひと安心だな」

「そうなんだ」エビニーザは眉を寄せて友人を見すえた。「余計なお世話だってことはわかってるが、リサが妊娠しているって話は本当なのか？」

サイは〝そうだ〟と言いかけた。しかし、何もかも見通すような友人のまなざしに、サイの心のガードがゆるんだ。「ウォルトが殺された直後は、僕もそう思っていた。だが、リサの体にはいまだに妊娠の兆候が現れていない」サイは顔をしかめた。「僕も彼女も、そのことについては話をしないんだ」

「彼女はまだ若い。妊娠に関する知識があまりないんじゃないか。父親の手で育てられた娘だしな」

「リサは若いと言ったな」サイは即座に切り返した。「どれくらい若いんだ?」

「それを知らずに結婚したって言うのか?」

「結婚許可証にサインするときは、リサが指で生年月日の欄を隠していた。そして、判事がサインし終わったとたん、彼女が紙を持っていってしまった。おまけに、僕が年のことをきこうとするたびに、話を変えてしまうんだ」

「なるほど」

「それで?」サイはエビニーザをうながした。

エビニーザは渋い顔をした。「こういうことは本人の口から聞くべきだろう」

「エブ!」

エビニーザは居心地悪そうに座り直した。「二十一歳だ。ようやくな」

サイは青くなって椅子の背に倒れ込んだ。「なんだって!」

「法的にはれっきとした成人だぞ」エビニーザは指摘した。「それに、リサは年よりずっと大人びている。実際、リサには子どもらしい子ども時代なんてなかったんだ。聞くところによると、彼女は六歳から牧場の仕事を手伝っていたそうだ。父親が教えなかったのは、牧場の運営面だけだったわけさ」

「僕より十四も年下だと」サイはうめいた。「年を言わないわけだ」

「知ってたら、きみは結婚しなかっただろうな」

「あたりまえだ!」

エビニーザは低く笑った。「彼女はもう子どもじゃないさ。このあたりでは年の差より育った家庭が問題になるんだ。リサはちゃんとした家の娘だよ」

サイは両手の中に顔をうずめた。「ウォルトは三十にもなっていなかった。それに、あのいまいましいハーリーだってまだ二十八だ。あいつはいまだに、僕が見ていないと思うと、リサにちょっかいを出してるんだ。半月ばかり前には、男につかみかかられたときの対処法だとか言って、リサの手を握ってたんだぞ」

「そういうときにどうすべきかは、きみなら知ってるはずだろう」

サイはぎらつく目を上げた。「知るもんか。リサは僕には若すぎる。こんな結婚はもうごめんだ!」

エビニーザは友人の語気の荒さに眉をつり上げた。「だったら、どうするつもりなんだ。

まさか、リサを家から追いだして、ロペスの好きに……」

「ばかを言うな！　僕がそんなことをすると思うのか。僕はただ、あの家でリサにあまりくつろがれても困ると思ってるだけだ」サイはいらだたしげにつけ加えた。「リサはウォルトの死から立ち直っていないんだと思う。それで、誰でもいいから、やさしくしてくれる男にすがりたかったんだ」

「そういうことか。リサの気持ちがはっきりするまで、不用意にのめり込みたくないわけだ」

サイは友人をにらみつけた。「心理分析なんか頼んでないぞ！」

「そんなつもりはないさ」エビニーザはにやりとした。「ウォルトとリサは愛し合って結婚したわけじゃない。リサは指輪をはめたら自然に愛情が芽生えると思っていたようだが、そうはならなかったみたいだな」

「きみがそのへんのことに詳しいのも道理だな」サイは言った。「愛してもいないのに、マギー・バートンと婚約していた男だものな」

「僕は孤独だったんだ」エビニーザはあっさりと言った。「だが、そこにサリーが現れた。僕は愛とは何かを知らなかった。いまは知ってる」

そのことは、エビニーザの顔を見れば一目瞭然《りょうぜん》だった。サイは友人から目をそらした。

エビニーザはおかしそうに含み笑いをもらした。「リサをずっと手もとに置くつもりがないなら、ハーリーをけしかけてみたらどうだ……」

「ハーリーだと！」サイの瞳が火を噴いた。「やつがもう一度リサに触れたら、鶏の餌《えさ》にしてやる！」

やっぱりそれがこいつの本音か。本人は認めたくないようだがな。エビニーザは低く笑った。「ロペスの手下がリサを追ってきみの家へ来たときのことは傑作だったな。あれ以来、ハーリーはおとなしくしてるそうじゃないか」

「そう言えば、あの三人は保釈金を積んで国外へ出たそうだな？」

「ああ。保釈金はひとり頭百万ドルだったかな？」

「ロペスにとっては、はした金さ」サイは椅子から立ち上がった。「ロドリゴから何か言ってきたら教えてくれ。例の養蜂業者の倉庫は監視を続ける。これまでのところ、何も見つかっていないがな」

エビニーザも立ち上がると、玄関までサイを送っていった。「倉庫の周辺が急に静かになったのが気になるんだ。連中、何かたくらんでるぞ」エビニーザのまなざしは険しかった。

サイはうなずいた。「僕もそれが心配なんだ」

さらに一週間が過ぎた。リサの目には、サイが何かを思い悩んでいるように見えて仕方がなかった。ことにエビニーザ・スコットに会いに行って以来、それまでにもまして近づきがたくなってしまったようだ。けれど、彼のまなざしはいつもリサにそそがれていた。家事をしているときなど、自分を見つめている彼に気づくこともしばしばだ。サイは約束どおり、皿洗い機を買ってくれた。さまざまな種類の調理器具もだ。さらに彼はリサの好きなロマンス小説を何冊も調達してきて彼女を驚かせた。子犬やボブにも、ことあるごとにおもちゃを買ってくるし、つけのきく店でしきりにリサに買い物をさせたがった。わたしは際限なく甘やかされている。でも、彼はわたしに手を触れようともしない。

ある晩、リサはテレビのスイッチを切り、決然とサイのオフィスに向かった。事務仕事をしていた彼は、机の向こうで驚いたように顔を上げた。

「入ってもいいかしら？」リサは入り口で尋ねた。

サイは肩をすくめた。「別にかまわないが」

歓迎されているようには聞こえなかった。だが、リサは部屋へ入ると机に近づいた。

「何か気になることでもあるのかい？」サイは静かにきいた。

「ええ」

「どうしたんだ？」

リサはエプロンのポケットに両手を突っ込んだ。「最近、わたしは厄介者の居候みたいな気がして仕方がないの。自分がどんな間違いをしでかしたのか知りたいのよ」

サイは眉間《みけん》にしわを寄せ、持っていた鉛筆を置いた。「きみは何も悪いことなんかしていないよ」

「何かしたはずだわ。あなた、わたしの半径二メートル以内には近寄らないじゃない」

サイは椅子の背にもたれかかり、唇を真一文字に結んだ。「まだ二十一歳だってことを、僕に言わなかったね」

とたんに、リサはうしろめたそうな顔になった。「年がそれほどの問題なの？」

「もちろん、大問題だ！」サイは声を張りあげて椅子を立った。「きみはまだ子どもじゃないか。僕はもう三十五なんだぞ！」

リサは意味ありげに大きなため息をついた。

「きみは年齢相応には見えないがな」彼はつぶやいて机を離れ、暗い外の景色をのぞむ窓際に立った。

リサは机の縁に腰かけた。「わたしはあなたが言うほど子どもじゃないのよ」

サイの肩がひきつるように動いた。「きみがもしあと十歳年をとっていたら……」

「でも、そうじゃないわね。それで、あなた、どうしろって言うの？　わたしがパパの家へ戻ればいいの？　そして、ミスター・ケンプのところで働いて、家賃を払う？　よろこんでそうするわよ」

サイは見た目にもひるんだ。

「そんな顔をしなくてもいいわ。わたしがあっちの家へ戻ったって、町の人は何も言わないわよ」

「それどころか、一気に噂《うわさ》が広まるぞ！」

「あなたが人の噂を気にするなんて、信じられないわ」リサは苦々しく言った。

「そういうことじゃないんだ」彼はジーンズのポケットに手を突っ込んで、気づかわしそうにリサを見た。「きみはジェイコブズビルから出たことがないんだろう。せめて結婚する前に大学へ行って、世間を見てくるべきだったんだ」

「そんなお金はなかったわ」リサはそっけなく言った。「この先、行くとしても、勉強するのは獣医学か畜産学ね。だけど、これから子どもが生まれるっていうときに、大学のことまで考えられないわ！」

　サイはためらった。リサの妊娠についての疑いを口に出すべきだろうか？　それにはいまが絶好のタイミングだろう。だが、いまサイの頭を占めているのは、リサの年齢のことだけだった。サイは世間知らずな子どもをたぶらかして、けしからぬふるまいにおよんだ大人のような罪悪感にさいなまれていた。

　リサは自分のおなかに手をあてた。「わたしは学位より赤ちゃんが大事なのよ」

　サイの顔がこわばった。言えない。いまはまだ。口ではなんと言おうと、リサは亡くなった夫を心から愛していたかもしれないのだ。もしも妊娠していなかったなどということになったら、リサはどうなってしまうんだ？　「この家から出ていけなんて言わないさ。ロペスはまだ、きみへの報復をあきらめたわけじゃないんだ」

リサはサイをにらんだ。「いいわ。じゃあ、晴れてロペスが逮捕されたら、わたしはここから出ていくわね。わたしに触れもしない男の人とは暮らせないわ。しかも、ほかの男性の子どもがおなかにいるからという理由でね！」根拠があって言ったわけではなかった。でも、サイが全身をこわばらせたのを見て、リサは図星をついたと思った。

リサはきびすを返してドアに向かった。とうとうわかった。サイは口にしたがらないけれど、それが原因だったのだ。彼はわたしの年齢を気に病んでいたわけじゃない。わたしを遠ざけていた本当の理由は――ウォルトの子どもだったのだ！

「くそっ、そんなんじゃないんだ！」

リサはくるりと振り返った。「だったらなぜ？」

サイは彼女をにらみつけた。怒りに頬を紅潮させたリサは、彼の心に場違いな欲望を呼び覚ました。「いまだにきみの体に妊娠の兆候が現れないのは、奇妙だと思わないか」サイはぶっきらぼうに言った。

リサは少しの間、何も言わなかった。「わかったわ」しばらくして、彼女は答えた。「明日、予約を取ってお医者さまに診てもらいます」

「それでいい」

リサは彼のやつれた顔をまじまじと見た。そして、ためらいがちに口を開いた。「結婚した日には、わたしたちとても親密だったわ。あなたは……こんなふうじゃなかった。わたしに好意を持ってくれているのかと思ったの」

サイは自嘲《じちょう》とあざけりのこもった笑顔を見せた。「男はセックスのあと感傷的になるんだ。誰かに教わらなかったのかい？」

リサはすっと心を閉ざした。そして、そのままひと言も口をきかずに部屋から出ていってしまった。

サイは髪を乱暴にかき乱しながら、自分自身を激しくののしった。どうしてあんな残酷なことを言ったんだ。僕はいまだかつて、これほどの心の混乱を経験したことがない。リサに対して、自分が何を感じているのかさえわからないのだ。たったひとつ確かなのは、リサをロペスから守らなければならないということだけだ。僕はそのためにできるだけのことをする。そして、すべてが終わったあかつきには、身も心も傷だらけの元傭兵《ようへい》と残りの人生を過ごしたいかどうか、リサ自身に決めさせてやるのだ。

彼女には、自由に未来を選ばせてやらなくては。たとえそれが、あのくそいまいましいハーリーとの未来だとしても。

リサは再度妊娠検査を受けるために医者へ行った。牧場に戻ってきた彼女は、かなり動揺していたようだった。

サイは居間でリサを待っていた。彼は椅子を立ち、彼女の表情に目をこらした。「それで？」

リサは落ち着かない様子で立っている。顔色は青く、途方に暮れているようだった。

「妊娠しているそうよ」リサはサイの目を避けながら言った。「お医者さまは、妊娠の兆候はすぐには現れないこともあるっておっしゃったわ」

サイは無言だった。つまり、僕の推測は間違っていたわけだ。リサは妊娠している。そして、おなかの子どもはウォルトの子だ。がっかりするなんて、思いやりがなさすぎる。だが、サイは失望していた。

サイの顔によぎった表情を目にして、リサは傷ついた。いったん女性と親密な関係になると、男性の心には独占欲が生まれるものだ。サイがわたしとウォルトの過去に腹を立てるのは、それほど意外なことではないのかもしれない。ほかの男性の子どもを受け入れるのは、やはり簡単ではないのだろう。

「本当にわたし、ここを出ていかなくていいの？」リサは低い声で尋ねた。

「もちろんだ」サイは機械的に答えた。

リサはぎくしゃくとした動作でドアへ向かった。「わかったわ。どうもありがとう」

戸口で、リサは少しためらった。けれども、そのまま部屋から出ていった。サイは乱れきった心でリサの後ろ姿を見送った。

その後ジャケットをはおり、帽子をかぶって、サイはキッチンへ向かった。リサに出かけることを告げるつもりだった。

キッチンにはハーリーがいた。集めた卵を持ってきたらしい。彼はカウンターに寄りかかって笑顔でリサと話をしていた。リサも楽しそうにほほえんでいる。ふたりは、こんなにも若い……。

「今夜の帰りは遅くなる」サイは戸口からリサに声をかけた。その声に、ふたりは飛び上がった。ハーリーはごほんと咳《せき》払いをすると、リサにうなずいて見せ、そそくさと外へ出ていった。

リサまでが流しのほうへあとずさるのを見て、サイはいらだたしげに尋ねた。

「いったい、どうしたっていうんだ？」

「自分の顔を鏡で見てみたら？」リサは言い返した。

サイはすっと目を細めた。「ハーリーはここにいる時間が長すぎる。不愉快だな」

リサの眉が上がった。「どうしてそんなことがわかるの？　あなた、ちっとも家にいないくせに！」

サイはぎゅっと唇を結んだ。

リサはサイをにらみつけた。「わたしは浮気なんかしないわ。念のために言っておくけど」

サイの瞳が険しく光る。

「この家に移ってくるんじゃなかった」リサはささやいた。「こんなにみじめな思いは、生まれてはじめてだわ」

その言葉は、平手で打たれるよりサイにはこたえた。彼は全身をこわばらせた。「それはお互いさまだ」彼は嘘《うそ》をついた。「心配することはない。何もかも片づくまでに、そう時間はかからないからな」

サイはそう言って出ていった。振り返りもせずに。

何か派手にものを壊したい気分だ。わたしったら、どうしてあんな矛盾だらけの男性に夢中になってしまったんだろう。サイはわたしがハーリーと話すのが気に入らず、おなかの赤ん坊がウォルトの子だからと腹を立て、わたしを無視したり甘やかしたりする。そして今度は、早くここから出ていけるように尽力しようと言いだした。わたしはこの家から出ていきたくなんかない。でも、彼はもうじき何もかも片がつくと言った。まさかロペスと決着をつける日が迫っているのだろうか？

サイは怒りに燃えながら町へ向かってトラックを走らせていた。そうか。リサは自分の家へ帰りたいのか。だったら、お望みどおり、さっさと帰れるようにしてやる。まず、牧場売買の事務処理を早くすませるようにケンプの尻をたたいてこよう。

途中で、まわり道をしてジョンソン家の様子を見ていこうと思い立った。あの家は、いまはもちろん無人だ。近くにはもう一件、ビクトリア朝様式の屋敷があるだけ。なぜ、そんなところを通ってみようと思ったのかはわからない。ひょっとすると、昔の直感がいまもまだある程度は働いていたのだろう。

サイは舗装された道路を離れて、ジョンソン家へと続く細い田舎道を走りだした。運転しながら、彼はエビニーザが以前言っていたことを思いだした。エビニーザと結婚する前、サリー・ジョンソンはこの先の家に住んでいた。そのサリーに、ロペスの一味が近所の屋敷を借りて接近したというのだ。こんな話が急に気になりだすなんて、我ながらどうかしていると思う。だが、ときには勘に従ってみるのも悪くないかもしれない。

ほかには一台の車も走っていなかった。それも道理だ。こんな辺鄙《へんぴ》な場所のでこぼこ道を通る人間などめったにいないだろう。このあたりの風景は、わびしく荒涼としていた。夜になるとすでに寒さが身にしみる季節だ。サイは厳寒の地で、傭兵仲間とひたすら目的地をめざして歩きつづけた日々を思いだした。あの日々に比べたら、ここでの生活はずっと平穏だ。サイはあたりの風景にぼんやりと目を向けながら運転していた。古めかしいビクトリア朝様式の屋敷の近くまで来たときだ。サイは、屋敷のそばに二台の大型トレーラーがとまっているのに気づいた。彼は車のスピードを落としたり、空き家のはずの屋敷に怪訝《けげん》そうな目を向けたりはしなかった。だが、事態は火を見るよりも明らかだった。これで、ロペスの〝蜂蜜倉庫〟が静かなわけがわかった。ロペスは麻薬の中継基地をすでに起動させていたのだ。養蜂業者の倉庫は単なる目くらましだ。ここここそが、本当の麻薬の集積地だったのだ。大きな納屋はすっかり改装され、トレーラーのまわりには凄味《すごみ》のある顔の男たちがてんでに座っている。トレーラーに積まれているのは干し草ではあるまい。

みんな、いっぱい食わされたのだ。目につく場所にはドラム缶が散乱していた。メキシコ湾からここへ着くまでの間に、コカインを運ぶ連中が川にかける橋として使用したものだろう。

サイは前を向いたままその場所を走りすぎた。恐れていたことが現実になってしまった。ロペスのたくらみを阻止するには、もうあまり時間がない。

田舎道を抜けるとサイはハイウェイに戻り、エビニーザの家に向かって猛スピードで車を走らせた。

10

「僕たちの目と鼻の先でか」エビニーザは怒りを爆発させた。「例の倉庫から麻薬のまの字も出てこないわけだ。僕たちは入隊したての新米みたいにかつがれたのか！」

「問題はいま何をするべきかだ」サイが冷静に口をはさんだ。「ロドリゴはこれについて何も言ってよこさなかったな。正体がばれて始末されたのか？」

「そうでないことを祈るよ。だが、無事なら事前に知らせてくるはずだ」エビニーザは髪を手でかき乱した。「くそ、なんてことだ」

「僕の見たところ、連中は今夜にでもあの屋敷から荷物を運びだすはずだ」

「すぐに手を打とう」エビニーザは即座に言った。「応援が必要だな。それだけの人数を相手にするとなると、僕らだけでは手に負えない」

「当局のお墨つきも必要だぞ。きみはどうだか知らないが、僕は国外追放処分にされるのはごめんだからな」

「僕だってごめんさ」エビニーザは目を細めた。「もうひとつ、大事な点がある。ロドリゴがまだ無事なら、今回の連中の中にまぎれ込んでいる可能性があるってことだ。その場合、当局の人間が知らずに彼に向けて発砲してしまうこともありうる。心あたりに連絡して、僕らが当局の人間と行動をともにできるように頼んでみよう」

サイはうなずいた。「運がよければ、ロペスの麻薬ルートのひとつを遮断した上、ロドリゴを救出することができるな」

それからは時間との闘いだった。彼らは各方面に連絡を取り、なんとか必要な人員を確保した。四人の保安官代理が現場に向かい、麻薬取締局からは、現在出動可能な三人の捜査官が駆けつけることになった。警察からはふたりの警官が応援を申し出てくれた。これでもまだ人数的には不利だったが、相手の不意をつけば、密売人たちを一網打尽にすることができるかもしれない。

サイが部屋で黒ずくめの衣服に着替えていると、リサが入ってきて彼の姿に大きく息をのんだ。

「どこへ行くつもりなの？」

サイは黒いマスクを手に振り返った。リサは黄色いセーターを着て、髪を肩にたらしていた。そして、その顔は妊婦特有のまぶしい輝きを放っていた。

「ロペスの手下が今夜、麻薬をこの町から運びだすつもりらしい。僕たちでそれを阻止するんだ」

リサは不安に瞳を曇らせて彼に歩み寄った。「だめ」リサは激しく言った。「だめよ、行っちゃだめ！　そういうことを仕事にしている人が、たくさんいるはずでしょう。わたし、あなたを行かせないわ！」

サイはリサを引き寄せ、その唇をキスでおおって、彼女の抵抗を封じた。サイはリサの体を腕の中に包み込み、唇をむさぼった。かなりの時がたってから、彼はやっと顔を上げた。「ロペスの跳梁《ちょうりょう》を許したら、この町の誰もが安心して暮らせなくなるんだ。ことにきみの身が危ない」

「あなた、殺されてしまうかもしれないわ」リサは悲痛な声で訴えた。

こうしてリサに身を案じられるのが、サイにとっては妙におかしかった。記憶にあるかぎり、自分が死のうと生きようと、気にかけてくれる人間など誰ひとりいなかったからだ。リサの顔を見つめていたサイは、そのときふいに悟った。僕はリサのためなら自分の命だって捨てられる。彼女が若すぎることはわかっているが……。

サイはふたたびリサの唇を奪った。リサを遠ざけるべき理由など、すべて無視した。遠ざけるのはリサ自身のためだ、もちろん。だが、彼女がそばにいると、どんな理由も意味をなさなくなってしまう。リサは両腕で彼にしがみつき、ありったけの情熱でキスを返した。

サイがとうとう唇を離すと、リサは大きくあえいだ。けれど、サイの瞳に映る決意は変わらなかった。「驚いちゃうわ」リサはかすれた声でささやいた。「あなたったら、ここまでするのね……わたしのベッドを避けるためには」

状況の深刻さにもかかわらず、彼は笑った。「本気でそんなふうに思ってるのかい？」

「わたしはウォルトのことが好きだったわ」リサは穏やかに言った。「だから、彼の子どもを産むのはちっともかまわないの。だけど、あなたの子どもだって、これから何人でも産めるのよ。父親になるために必要なのは血のつながりじゃないわ。愛情よ。あなたがウォルトの子どもを愛さないなんて、わたしにはとても思えないの」

サイはそっとため息をついた。「僕はウォルトの子どもに腹を立ててるわけじゃない」そして肩をすくめた。「本当は、きみとの年の差を気にしているわけでもないんだ。とはいえ、僕は実際の年齢以上に年老いてしまった。たぶん、きみにはもっと年の近い男がふさわしいんだ」

「ハーリーみたいな？」リサはわざと言った。

サイの顔がこわばり、瞳がぞっとするほど冷たく光る。「だめだ！」

失いかけていた希望が、リサの中によみがえった。彼女は瞳をいたずらっぽく輝かせた。

「そう言うだろうと思ったの」リサはサイの頭を引き寄せ、やさしくキスした。「あなたが自分の面倒くらい見られる人だってことはわかっているわ。だけど、無茶はしないでね。

わたしは末永く結婚生活を楽しむつもりなんだから」

「そうなのかい？」彼はつぶやいた。

「ええ。あなたがわたしをこの家から追いだすつもりなら、犬たちと一緒に納屋で暮らすわ」

サイはリサにくちづけした。こんなことをしている時間はない。それでも自分を止められなかった。

「留守中にあなたの寝室へ引っ越してしまうわね」リサは情熱にかすれた声で言った。

「帰ってくるまでに、何か反対する理由を考えつくかもしれないな」彼はリサの唇にささやいた。

「やってみて」リサはにっこりと笑った。

サイは抱擁をといた。「僕が出かけている間、きみは鍵《かぎ》をかけて家の中にいるんだ。ネルスを家の外の見張りに立たせておく。銃のある場所は知ってるね？」サイにきかれて、彼女はうなずいた。

リサは唇を噛《か》んだ。今夜はお互いにとって危険な夜なのだ。「わかったわ。あなたも撃たれないように気をつけて」きっぱりと言った。

「わかってる。なんとしてもここへ戻るさ」

リサはほほえんだ。「そのとおりよ。あなたはわたしのもとへ無事に戻ってこなくちゃならないの」

「全力を尽くすよ」やさしい茶色の瞳に、サイは我を忘れそうになった。彼は手袋をした手でリサの紅潮した頬を撫《な》でた。「きみのような人に出会えるなんて、僕はこの世でどんな善行を積んだのかな?」そしてリサから離れた。「終わったら戻る」

「ええ」リサはもう何も言わなかった。

サイはドアのところで振り返り、妻をじっと見つめた。リサは男が命をかけるにふさわしい女だ。僕は彼女を手放さない。彼女自身のためであろうとなかろうと。サイは彼女の瞳の中に同じ決意を読み取った。リサは泣いて騒ぎたてもしなければ、彼を引きとめようともしなかった。彼女は顔にほほえみを浮かべ、精いっぱいの勇気を振りしぼって立っていた。サイはリサを残して部屋を出た。

ハーリーはネルスと一緒に玄関のポーチに座ってサイを待っていた。サイが家の中から出てくると、ふたりは立ち上がった。

「僕を置いて出かけるなんて言わせませんよ」ハーリーは突っかかるように言った。

「出かけるだなんて、誰が言った?」

「ばかにしないでください」ハーリーはジャケットの前を開けて、四五口径のオートマチック拳銃《けんじゅう》をサイに見せた。「手だれの傭兵《ようへい》のようなわけにはいきませんが、僕の射撃の腕だってちょっとしたものです。役に立てるかもしれません」

以前に比べたら、ハーリーもだいぶ大人になったようだ。サイは少しためらってからうなずいた。「いいだろう。ついてこい。ネルス、命がけでリサを守ってくれ」サイはもうひとりの男に言った。

ハーリーは牧場の車のほうへ向かいかけたが、サイはかぶりを振った。そして、いつのまにか木の下にとまっていた古い黒のブロンコを身ぶりで示した。ハーリーは自分がいまのいままで車の存在に気づかなかった事実にショックを受けた。

車の中にはエビニーザ・スコットとマイカ・スティールがいた。

ハーリーは誰かに疑問をぶつけたくてうずうずしていた。うちのボスは、どうしてこんなことにかかわってるんだろう。雇い主がただの牧場主でないことはもうわかっていたが、それでもききたいことは山とあった。

「スタブズとケネディ、それに保安官代理たちとは、ジョンソン家で合流することになっている」エビニーザはきびきびと言った。「僕たちは連邦捜査官を先に立てて、問題の屋敷の周囲をかためるんだ」

「スタブズとケネディって誰です？」ハーリーが尋ねた。

「麻薬取締局の捜査官だ。死んだウォルト・モンローは、彼らの仲間だった。密売人に最初の一発をお見舞いするのは、彼らの権利だ」

「ジョンソン家とおっしゃいましたけど、やつらのアジトは養蜂《ようほう》業者の倉庫ですよ」

「そっちは目くらましだ」サイが短く答えた。「本当の麻薬中継基地から人の目をそらすための」

「聞いてくれ」運転しながら、エビニーザは言った。「約束してもらいたい。万が一、ロペスがここにいたとしても、意気込んだ騎兵隊ごっこはなしだ」

「ミスター・スコット、僕はそんな……」ハーリーは声をあげた。

「きみじゃない」エビニーザは気短にさえぎった。「彼だ！」エビニーザの目は、バックミラーに映るサイの顔をまともににらみすえていた。

「ロペスは僕の妻と息子を殺したんだ」サイは殺気立った低い声で言った。「やつは僕の獲物だ」

「勝手にあいつを殺したら、麻薬取締局の連中はきみを縛り首にするぞ！」

「やってもらおうじゃないか」

「きみがいなくなったら、リサはどうなるんだ?」マイカが口をはさんだ。「ここはアフリカじゃないんだ。少しはそのあとの影響も考えろ」

「アフリカは大昔の話だ」ハーリーの視線を意識して、サイはいらだたしげに言った。

「僕らはあそこでの出来事を忘れていないぞ」マイカはたたみかけた。「きみはマシンガンの弾が飛び交う中を、僕らを助けに来てくれた。体に十発も弾を受けてな。きみは僕らの命の恩人だ。だからこそ、きみに無茶をさせるわけにはいかないんだ」

「あのときは、敵の射撃の腕がお粗末だったんだ」サイはつぶやいた。「だが、きみの迫力に度肝を抜かれて、尻込みしたんだ。ロペスの手下どもは、そんなわけにはいかないぞ。僕らはあくまで当局の連中の応援だ。本来なら、こんな作戦には首を突っ込むこともできないところだぞ。僕はケネディに事情を打ち明けて、やっと参加の承諾を得たんだ。万一にそなえて、ロドリゴを守るために参加したいんだってな。ロドリゴはこっちに来ているかもしれない。僕らと連絡が取れないだけという可能性もあるんだ」

「やつらは一流の狙撃手《そげき》だった」エビニーザが言い返した。

「すでに連中に殺されてしまった可能性もな」サイは言いそえた。

「それは屋敷に着けばわかることさ。ハーリー」エビニーザは後部座席をちらっと振り返った。「きみはサイにぴったり張りついててくれ」

すると、マイカがくすくすと笑いだした。「彼にはそれが精いっぱいだろうな。おぼえてるか？ ジューバってアフリカ人の子が殺されたときのことを。ひとりでかたき討ちに行こうとするサイを、三人がかりで取り押さえたっけな」

「さて、そろそろおしゃべりの時間は終わりだ」エビニーザが言った。「着いたぞ」

彼はジョンソン家で車をとめてエンジンを切った。サイはハーリーを振り返り、その目を見すえた。

「これは週末の傭兵訓練学校じゃないんだ。銃撃戦がはじまったら、きみは絶対に前へ出るな。エブとマイカと僕は、お互いを底の底まで知りつくして、信頼し合っている。きみはいわば部外者なんだ。下手をすると、きみのせいで誰かが殺される可能性がある。きみはバックアップに徹してくれ。撃てと言われるまで、決して引き金を引くんじゃないぞ」

ハーリーはごくりと唾《つば》をのみ込んだ。自分がどういうことに足を踏み入れようとしているか、やっと実感がわいてきたのだ。「麻薬組織の連中と当局の人たちを、どうやって見分ければいいんですか？」

「麻薬取締局の人間は、背中に大きく所属を記したジャケットを着ている。警官と保安官代理は制服姿だ」そして、サイは強く念を押した。「もしもやつらにつかまったら、僕らが突入する瞬間に地面に伏せろ。僕らは最初に立っている連中を始末するから。わかったか？」

「わかりました」ハーリーは答えた。

四人は車を降りた。エビニーザを先頭に、サイとマイカは音もたてず、すべるように進んでいく。ハーリーは自分ひとりが象みたいな足音をたてているように思えてならなかった。傭兵訓練学校が聞いてあきれる。ただ無駄に金を取られただけじゃないか。

納屋の背後を囲む森の際に出ると、エビニーザはサイたちを二手に分かれさせた。連邦捜査官のひとりが彼らの姿を認めて合図をし、保安官代理たちにも身ぶりで指示を出した。

捜査官の合図で麻薬取締局の男たちが散開し、左右から納屋をとり囲んだ。ハーリーの心臓はおかしくなったように打っていた。陸軍にいたことがあったって、実戦経験などまるでないのだ。膝がゴムになってしまったようだ。

そのまま長い時間が過ぎたように思えた。しかしふいに、捜査官の腕が高く上がり、その腕が振り下ろされた。

「行くぞ！」エビニーザがサイたちに叫んだ。

付近一帯が混乱の渦にたたき込まれた。全員がいっせいに発砲しはじめたかのようだった。

爆竹のような銃声に、ハーリーの足がすくんだ。現実の銃撃戦の音は、テレビや映画なんかとはまるで違う。ハーリーは自分自身を叱咤《しった》し、銃を両手で握りしめて、サイたちが消えた方向へおおよその見当をつけて走りだした。だが、身を隠すほうがおろそかになり、彼は敵の火線のただ中に飛び込んでしまった。ハーリーは進退きわまって立ちすくんだ。

色の浅黒い外国人が彼の前に姿を現した。男は英語でハーリーに銃を捨てろと命令した。男のオートマチックが、ハーリーの鼻先に突きつけられる。ハーリーは自分のばかさ加減をのろった。うかうかと自分から敵の手に落ちてしまうなんて。この男はなんのためらいもなく僕を撃つだろう。低く毒づいて、ハーリーは自分の銃を捨てた。

「これで邪魔者がひとり減ったな」男は悪意に満ちた笑い声をあげた。「あばよ、セニョール！」

銃声がとどろいた。ハーリーはびくっと身を縮めた。次の瞬間、相手の手から銃がこぼれ落ち、男はつんのめるようにして前に倒れた。

「さっさと行くんだ、ハーリー！」ハーリーはどなりつけられた。

目の前には、ぴくりともせずに男が倒れている。そして、ハーリーの背後にはサイが立っていた。サイはハーリーの銃を放《ほう》ってよこした。

「納屋の前にまわるんだ。急げ！」

ハーリーは震える手で銃を握った。彼は倒れた男をちらっと見下ろした。喉の奥に苦い液体が込み上げてくる。

ハーリーの心臓は爆発寸前だった。納屋の脇にたどり着いたとき、発砲による火花が前方でひらめいた。麻薬組織の男たちは納屋の中に追いつめられているようだ。彼らは完全に逃げ場を失っていた。

麻薬取締局の捜査官たちが前に出た。彼らの銃は敵をひとり、またひとりと倒していく。ほとんどの弾は急所をはずれていた。しかし、撃たれた男たちの発する叫び声に、ハーリーは胸が悪くなった。警察官たちが銃弾の飛び交う中を走り抜ける。彼らも敵を殺さずに手際よく倒していく。ハーリーは彼らの度胸と冷静さがうらやましかった。

サイのあとを追うハーリーの体は震えていた。傭兵訓練学校に入校したとき、僕はいったい何を考えていたんだ？　自分自身と当局側のプロたちとの違いはあまりに歴然としていた。ハーリーは恥じ入るばかりだった。

サイが単身、納屋の中にすべり込んだ。しかし、今度はハーリーもためらわなかった。彼は深く息を吸い、歯を食いしばってサイのあとを追った。いつでもボスを手助けできる態勢でいなければ。牧場で三人の男に襲われたとき、僕はたわいもなくあしらわれた。もう二度と、あんな醜態はさらすものか。

納屋の中には、干し草にしては奇妙な植物の梱《こり》が積み重なっていた。そして、その梱の陰から、高そうなスーツを着た男が、こちらに向けて銃を乱射していた。養蜂業者と名乗って牧場に現れた男だ。

サイの戦いの本能は、昔と変わらず、見事なまでにとぎすまされていた。彼はハーリーをかたわらへ押しやると、銃を構えて前に出た。男は梱の陰にうずくまって、完全に体を隠している。

「武器を捨てろ。でないと、こちらから撃つぞ。おまえたちの大事な商品越しにな」サイは警告した。

男は躊躇《ちゅうちょ》した。だが、サイはためらわなかった。彼の銃が火を噴いた。弾は梱を突き抜けて、その後ろの男に命中した。男は叫び声をあげ、銃を取り落として肩を押さえた。

「ナイフを受けたのと同じ腕だろう？」サイは冷ややかに尋ねると、歩み寄って男の体を引っぱり上げた。彼は男を木の柱に寄りかからせ、首のつけ根に銃を押しつけた。「ロペスはどこだ?」

男はごくりと喉を上下させた。男は黒いマスクの奥に、緑色に輝く死神の瞳を見た。ハーリーのみぞおちも冷たく凍りついた。これは脅しではない。彼ははじめて会う男を見るような目で雇い主を見た。

「ロペスはどこだ?」サイはもう一度尋ねた。彼は銃の引き金に指をかけた。

「頼む」密売人はがたがたと震えながらあえいだ。「やめてくれ! 彼はカンクンにいる!」

サイはほんの数秒、男の顔を見すえていたが、すぐに男を振りまわすようにして梱の陰から連れだした。「ケネディ!」サイは声をあげた。

捜査官のひとりが、こちらに近づいてきた。

「こいつがここの仕切り役だ」サイはそう言って男を突きだした。「きっと喜んで泥を吐くさ。吐かないようなら、僕を呼んでくれ」彼はつけ加えた。

「そうしよう。協力ありがとう」ケネディは言った。「一味のほとんどの連中には手錠をかけた。これから屋敷に踏み込むつもりだ。三人ほど屋敷の中に逃げ込んだらしいからな。それと、ひとりまだ見つかっていないのがいる。気をつけろよ」

「そっちもな」サイは答えた。そして、彼はハーリーを振り返った。「納屋の周辺を見てまわろう」

「わかりました、ボス」ハーリーの顔からは、以前の小生意気そうな表情が消えていた。彼は銃を構えてサイのあとに続いた。

ふたりは注意深く闇《やみ》に目をこらしながら、納屋のまわりを歩いた。ふいに小枝の折れる音がした。ハーリーはくるりと後ろを振り返った。すると、オートマチック銃を手にした男が、トラックの陰から現れた。マスクをかぶっていない男の顔は、明らかに外国人だ。ハーリーは発砲した。だが、間一髪でサイがその銃身をはたき上げた。

「いい反射神経だ、ハーリー」サイはほほえんだ。「だが、あの男はこちら側の人間なんだ。やあ、ロドリゴ。久しぶりだな」彼は男に声をかけた。

「ありがとう《グラシアス》。おかげで助かった」ロドリゴは笑いながら近づいてきた。「はるばるこんなところまで来て、味方に撃たれたら目もあてられないからな」

サイも笑ってロドリゴの肩をたたいた。「きみが殺されてしまったんじゃないかと心配してたんだ」

「今度こそ、ロペスをつかまえられるかと期待してたんだがな。やつはカンクンに残って、ここへは来なかった。誰かが当局の動きを知らせたらしい。やつは今夜の急襲のことを知っていたぞ」

「くそ！」サイは毒づいた。

エビニーザ・スコットとマイカ・スティールが近づいてきた。「ロドリゴ! 知らせがないから、消されてしまったかと心配したぞ」

「ロペスが僕を疑いだしたんだ。だから、どうしても身動きが取れなかった」ロドリゴは納屋を手で示した。「コカインを送りだす寸前に、やつは当局の手入れのことを耳にしたらしい。それで、代わりにこの中の荷を送りだしたんだ」彼はそばにあった梱を指差した。

「これだって末端価格にすれば相当なものだが、コカインとは比べものにもならないな」

ハーリーは梱にまとめられた植物を怪訝《けげん》そうに眺めた。そして、一本の小枝を鼻に近づけてにおいを嗅《か》いだ。「これ、マリファナだ!」

サイはうなずいた。「気づいていたよ」

「本当なら、精製前のコカインだったはずなんだ」ロドリゴはサイに言った。「きみの牧場の隣に建ったのは、コカインの精製工場だ。ロペスはそこで純度の高いものに精製するつもりだったんだ。あと一週間だけ、僕に時間があれば!」

サイはほほえんだ。「きみが生きててくれるほうがうれしいよ、ロドリゴ。まだすべてが終わったわけじゃないんだ」

ロドリゴは密売人たちを引き立てていく捜査官の姿にちらりと目を走らせた。「僕はもう消えたほうがよさそうだ。ロペスが当局に逮捕されるまで、僕もつかまるわけにはいかないからな」

「きみはここにはいなかった」エビニーザはしれっとした顔で言った。

「そのとおりだ」サイもあいづちを打った。「きみとはもう何年も会っていない」

「僕は眼鏡を忘れてきてしまったんだ」マイカはひとり言のようにつぶやいた。「眼鏡なしじゃ、自分の兄貴の顔もわからなくてね」

「きみは眼鏡なんかかけないじゃないか。それに、兄弟もいないはずだろ」とサイ。

マイカは肩をすくめた。「だったら、ロドリゴの顔がわからないのも無理ないな」

ハーリーは黙って四人のやりとりを聞いていた。この人たちは、どうしてこんなに落ち着いていられるんだろう。あんな銃撃戦のあとで、なぜこんなにも無頓着《むとんじゃく》でいられるんだ？ 僕の体は、いまにもまた震えだしそうなのに。

「さあ、行けよ」エビニーザはロドリゴをうながした。「ケネディがこっちへ来るぞ」

ロドリゴはうなずいた。「またな」

ロドリゴは闇に溶け込むようにいなくなった。それと入れ違いに、ケネディがサイたちのところへやってきた。

「そろそろ消えたほうがいいぞ」ケネディは彼らに言った。「向こうにいるコップが、きみたちのことをしつこくきいてまわってるんだ。彼は融通のきく人間じゃないからな。僕に関するかぎり、表向きはこういうことだ。きみたちは囮《おとり》任務についている特別捜査官で、安全上の理由から僕はきみたちの名前を知らない。きみたちはロペスの組織に潜入しており、銃撃戦が終わった時点でどこへともなく消えてしまった」ケネディはにやりとした。「非公式には、礼を言うよ。よくやってくれた。これでロペスの持っている麻薬の販路を一部遮断できたわけだ」彼はサイを見て表情をあらためた。「きみが納屋の中でつかまえた男な。あいつはウォルト・モンローを手にかけた男だった。コップはやつを必ず殺人罪で有罪にしてやると息まいてる。そうなるだろうよ。モンローはコップの子飼いの部下だったんだ」

「モンローの妻にそう伝えるよ」サイは言った。「きっと彼女もよろこぶだろう」

ケネディはうなずいた。そして、あたりを見まわした。「本音を言えば、つかまえたやつらを思いっきり派手な罪状で起訴してやれたらよかったんだがな。マリファナの密輸より、コカインの密輸のほうが僕の好みには合ってるよ」

「ああ。だが、今回の押収はロペスにとっては大打撃だろう。ここまで準備してきたものを一夜にして失ってしまったんだ。やつは目の色を変えて報復に乗りだすだろうよ。ここにいる全員が、この先安閑としていられなくなったわけだ。ロペスをつかまえるまでは」

「夢のまた夢だな」ケネディは静かに言った。「さあ、早いとこ姿を消せよ。コップににつくり顔を見られる前にな」

エビニーザはうなずいた。四人の男たちは、車をとめてある場所をめざして足早に歩きだした。

帰り道、ハーリーはずっと黙りこくっていた。エビニーザ、サイ、マイカの三人は、ロペスをつかまえる方策について、活発に議論を交わし合っていた。その間、ハーリーは座席に座って窓の外にじっと目をこらしていた。

サイとハーリーはパークス家の数百メートル手前でエビニーザたちと別れて車を降りた。そのときになってやっと、サイはハーリーの顔をじっくりと眺めることができた。

若者は、長く戦いの中にいた者の目には見間違いようのない表情を浮かべていた。ハーリーは一夜にして成熟した男になったのだ。

「鏡で自分の顔を見てみるといい」サイは静かに言った。「これまでとは違う顔が映っているから。今夜見たものこそ現実なんだ、ハーリー。撃たれた男の血も、叫び声も、全部本物だ。戦争とはああいうものなのさ。戦いで得るどれほどの金も、名声も、心の傷を癒《いや》してはくれないんだ」

ハーリーはあらたな目で雇い主を見た。「あなたは、傭兵だったんですね」

「そうだ」サイは淡々と言った。「僕は多くの人を殺した。大人や子どもが死んでいくところをこの目で見た。僕は富と名声のためにあの世界に入ったが、どんな大金も、引き換えに失ったものの埋め合わせにはならなかったよ」彼はふと口をつぐんだ。「いま、僕の家にいる女性。彼女だけは別だ。彼女のためなら、僕は命だって捨てられる」

ハーリーは弱々しいほほえみを浮かべた。「今夜は僕というお荷物のせいで、ボスたちは殺されていたかもしれませんよ」

「だが、そんなことにはならなかった」サイは言い返した。「それに、きみは恐怖を克服して、がんばりつづけたじゃないか」サイは若者の肩に手を置いた。「きみには牧場を切りまわす腕がある、ハーリー。傭兵稼業なんかより、その腕を生かすほうがよほどすばらしいことだ」

ハーリーはうなずいた。「わかりました。おやすみなさい、ボス」

「ハーリー」

若者は振り返った。

「今夜ほどきみを誇りに思ったことはなかったよ」サイは静かな口調で言った。

ハーリーは泣きそうな笑みを浮かべると、うなずいて歩き去った。

サイは家に向かって歩きだした。そのときふと、居間のカーテンが揺れるのが見え、口もとをほころばせた。

リサが玄関から飛びだしてきた。サイはリサの体を受け止めてくるりとまわると、激しくくちづけした。

リサはサイの胸にしがみついて泣いた。ああ、サイが無事にわたしのもとへ帰ってきてくれた。「わたしはあなたと一緒にいてもいいの?」サイにかかえ上げられ、家の中へと運ばれながら、リサはささやいた。

「一緒にいてもいいかだって？」サイは玄関のドアを足で閉めてつぶやいた。「僕を追い払えるかどうか、やってみるといい！」

リサは彼のむさぼるようなキスに応《こた》えながら、ほほえみ、そして思った。今夜はふたりにとって忘れがたい愛の一夜になるだろう。彼女のその予感はあたった。

11

二時間後、リサは震えながらサイのかたわらに横たわっていた。彼女は伸びをして、快感の余韻にうめき声をあげた。

「すでに妊娠していなかったとしても、いまので必ずそうなっただろうな」サイはかすれた声でささやいた。

リサは身を起こして彼の胸に腕をのせた。そして、傷跡をいつくしむようにキスでたどった。「あのあと、またお医者さまに行ったの」

「どうして？」彼はとたんに心配そうな口調になった。

リサはサイの唇を指でなぞった。「超音波検査で、赤ちゃんの正確な発育状態を知るためよ」リサは彼の目をのぞき込んだ。「赤ちゃんはあなたの子よ、サイ」

サイの体にさざなみのような震えが走った。「なんだって？」

「わたしは妊娠してまだ数週間しかたっていないの。だから、この子はあなたの子よ。ウォルトの子じゃないわ」リサはサイの胸に頬をつけた。「最初に受けた妊娠検査の検査紙が、ほかの女性のものと入れかわっていたんですって。検査室のミスだったのよ。これで妊娠の兆候がなかったことの説明がつくわ」

サイはぼんやりと彼女の髪を撫《な》でた。「信じられない」

「わたしもよ。だけど、それでわかったわ。わたしは知らなかったんだけど、結婚前にウォルトは……精管切除手術を受けていたんですって。ウォルトの血液型を問い合わせたら、彼のお医者さまが教えてくれたの」

サイはいきなり体を起こし、驚愕《きょうがく》に目をみはってリサの顔を見下ろした。

「ウォルトは子どもを欲しがっていなかった」リサは言った。「彼は絶対確実な方法をとったのよ。そして、それをわたしに黙っていたんだわ」

サイは驚きに言葉を失った。僕の子ども。リサが僕の子どもを身ごもっている。まるで奇跡のようだ。僕は生まれてはじめて、生物学的な父親になるのだ。サイの目に涙が浮かんだ。彼はリサの平らな腹部をそっと撫でた。

サイの表情に、リサの胸が熱くなった。「うれしいかどうか、きく必要はないみたいね」

彼は照れくさそうに笑った。「うれしいかだって？　有頂天さ。これから何週間も、地に足がつきそうにないよ」

リサはほほえんでサイに体を押しつけた。「わたしもよ。でも、赤ちゃんのせいだけじゃないわ」

「ほかには何があるんだい？」

リサは指で彼の唇に触れた。「あなたがわたしを愛してくれているからよ」

サイは否定しなかった。「確信してるんだね？」

「ええ」

「どうして？」

リサは彼を引き寄せ、汗ばんだ首のつけ根にそっと唇を押しつけた。「わかるの。いろんなことで」

サイはリサの髪に指をからませた。「きみの気持ちが僕にわかるようにね」

「そうなの？」

「僕らは互いに気持ちをはぐくみ合ったんだ」彼はやさしく言った。「僕は結婚した男女が、心も体もこれほど親密になれるなんて知らなかったんだ。これまでの僕は、窓の外からあたたかい家庭をのぞいていただけだった。だが、いまはその中にいるのを感じるよ」

サイはリサに頬ずりをした。「きみを心から愛している」

リサは震える体で彼に寄りそった。「わたしもあなたを愛してるわ」そして彼の唇にささやきかけた。「あなたの息子を産むわね、サイ」

「それに、娘もだ」彼はささやき返した。「何人かずつね」

リサは口もとをほころばせた。「あなたはすばらしい父親になるわ」

サイはあふれる感情に圧倒されそうだった。苦々しく、悲しみに満ちた歳月の果てに、この女性とめぐり合った。いまでも信じられないくらいだ。リサが、暗い過去のある、身も心もぼろぼろに傷ついた僕のような男を愛してくれているなんて。サイは目を閉じ、天に感謝の祈りをささげた。

「僕は生きているかぎり、きみを守るよ、リサ」

「わたしも、命あるかぎりあなたを守るわ」リサは幸福そうにささやいた。

サイはリサのぬくもりに我を忘れた。愛し、愛されているという実感は、なんと甘美なものだろう。

リサは自分の脚をサイの脚の間にすべり込ませた。彼の呼吸が浅くなる。

「サイ?」彼の胸に置いた手を下へとすべらせながら、リサはささやいた。

「なんだい?」サイはやっとのことで声を出した。

「教えてほしいの」

「教えるって……何を?」

「どうやったらあなたをよろこばせることができるのかを」

口さえきけたら、サイは答えただろう。けれど、彼の口からは低いうめき声しかもれなかった。彼の体に組み敷かれて、リサは確信した。わたしはもう彼をよろこばせているんだわ。リサは声をあげ、熱く反応した。これほど満ち足りた気分ははじめてだ。しかもこれはまだふたりの生活の第一歩にすぎない。リサは激しくサイの唇を求め、力いっぱい彼にしがみつくと、ふたりを包む熱い炎に身をまかせた。

ジェイコブズビルにおける麻薬密売の拠点が当局によってつぶされたからには、麻薬王は商売の足場をどこか別の場所に築くだろうというのが大半の人の見方だった。しかし、ロペスはこっそりと、自分の目となり耳となる人間を町に送り込んでいるはずだ。しかも、ロドリゴが言ったように、当局の内部にさえ、ロペスに情報を提供する人間がいる。サイはそれが心配だった。それに、これからもリサが狙《ねら》われることがあるかもしれない。

サイはエビニーザに呼ばれて彼の自宅を訪ねた。ふたりがコーヒーを飲みながら今後の方針を話し合っていると、マイカ・スティールが現れた。

「どうしてまだこの町にいるんだ?」サイは興味をそそられて尋ねた。

「実は、そのことで今日きみに来てもらったんだ」エビニーザは顔をしかめた。「厄介事が持ち上がってな」

マイカは説明をはじめた。「コロンビアにいるロペスのボスたちが、このところのやつの不手際に業を煮やしているらしいんだ。なにしろ、当局に逮捕されたのを皮切りに、沿岸警備隊にぶつを押収されたり、この町で人的にも金銭的にも大損害を出したりしたからな。昨日は、未精製のコカインを積んだトラックが、事前の通報を受けた麻薬取締局によって押収された。末端価格にして数百万ドルのコカインだ。麻薬組織の元締めたちは激怒している。ロペスを切る覚悟をかためつつあるようだ。窮地に立たされたロペスは、起死回生の策に打って出るつもりらしい。やつは、各地で密売の邪魔になっている存在を消しにかかる気だ」

「だが、ある程度は予想していたことだろう」エビニーザが指摘した。

マイカは眉を寄せた。「ああ。しかし、こうもすばやく行動に出るとは思わなかったよ。この町の麻薬中継基地がつぶされた結果、きみらに手を出すのはむずかしくなった。当局の連中が神経をとがらせているからな。実は、僕に情報を提供してくれている相手から知らせが入ったんだ。キャリーと僕の親父《おやじ》がロペスの標的になる可能性があるとな。ロペスは殺しのプロにつなぎをつけるつもりらしい」

「どうして、僕らでなく、きみの家族が標的になるんだ？」サイは尋ねた。

マイカは皮肉な微笑を浮かべて暖炉に寄りかかった。「きみらはロペスの小規模な足場をつぶしただけだが、僕は数百万ドル相当のコカインの密輸を通報したんだ。麻薬取締局が押収したやつさ」

サイはひゅうっと口笛を吹いた。「ロドリゴからの情報か？」

「ロドリゴじゃない。彼のいとこだ。自分はもう消されるとみて、最後に知らせてくれたんだ。彼はすでにこの世にいない」マイカは陰鬱《いんうつ》につけ加えた。

「ロドリゴがいまどこにいるかわかるか？」エビニーザが尋ねた。

「アルーバに身をひそめているらしい。だが、そこでも安全とは言えないな。ロペスの息のかかった人間は、いたるところにいるんだ」

「当局の内部にも、内通者がいる」サイは言った。

「当局を今回の大量押収に導いたのが僕だと知られたのもそいつのせいさ。ケネディとコッブはいま、やっきになってそいつの正体を探っている。だが、相手はかなり高い地位にいる人間だと思う。しっぽをつかむのは容易じゃあるまい」

「その男が誰であれ、ロペスのためにかなり危ない橋を渡っていることになるぞ」エビニーザは言った。

「ロペスが払う報酬は、百万ドル単位だからな」マイカはアームチェアに腰を下ろして、葉巻に火をつけた。

「いつかそいつで命を落とすぞ」エビニーザがにやりとして言った。

「仕事がら、たばこで死ぬより撃たれて死ぬほうがずっと早いだろう」マイカは腕時計に目を落とした。「あと五分でキャリーの仕事が終わるな。彼女がシニアセンターへ親父を迎えに行く前に、待ち伏せしてつかまえるとしよう」

義妹の名前を口にしたマイカの表情が、微妙に変化した。

「最悪の事態になったら、キャリーと親父さんをナッソーへ連れていってかくまったらどうだ？」エビニーザが言った。

マイカは険しい目で彼をにらんだ。「ナッソーへ行くどころか、ふたりとも僕とは口もきかないんだ。知らないのか？　僕は徹底的に憎まれているのさ」

「口論をはじめるのはいつだってきみだ。きみ相手にキャリーが身構えるのは仕方ないだろう」

マイカは葉巻の煙を深く吸い込んだ。「何もかも、彼女のせいだ」彼は冷ややかに言った。「キャリーとあの母親さえいなければ、僕が親父にうとまれることはなかった」

「まさか親父さんは、まだ自分の離婚はきみのせいだと考えているのか？」サイはきいた。

「親父は何もかも僕のせいだと思っているのさ」マイカはいらだたしげに葉巻をもみ消した。「僕はキャリーの母親に罪があると思っているけどね」

「彼女はいったいどうなったんだ？」エビニーザは尋ねた。

「知らんね」マイカは不機嫌に言った。「彼女は娘のキャリーを捨てて町を出ていった。離婚手続きもすべて弁護士まかせさ。たいした母親だよ」

「キャリーは母親のことは何も言わないな」エビニーザは考え深げに言った。「無理もないか。あの母親はキャリーをメイドみたいに扱っていた。自分の気に入るほど、娘が洗練された美人じゃなかったからってな」

「キャリーには何ひとつ悪いところなんてない。彼女は心根のやさしい娘だ。ほかならぬ僕が言うんだから確かさ」マイカは苦々しく笑った。「なにしろ、僕の人生はそれとは正反対の女性たちで彩られているんだから」

エビニーザはうなずかざるをえなかった。「蜜《みつ》に群がる蠅《はえ》みたいに、美女たちがきみを追いまわしていたっけ」

「欲の皮のつっぱった連中ばかりさ」マイカは無頓着《むとんじやく》に言った。「金持ちの独身男には、楽しいことも多いが、苦労も多いんだ」

沈黙が落ちた。三人はそれぞれに、ここへたどり着くまでのことを思い返していた。

「ところで、リサはどうしてる?」マイカがサイに尋ねた。「赤ん坊は順調なのか?」

サイの頬がゆるんだ。「最初の妊娠検査の結果に手違いがあったんだ。だが、リサはいま妊娠してるよ」

エビニーザは顔をしかめた。「ウォルトの子どもだろう。知ってるさ」

サイはかぶりを振った。「ウォルトの子どもじゃない。僕の子どもだ。ウォルトは結婚前に精管切除手術を受けていたんだ」

エビニーザとマイカは、くすくす笑いだした。

「きみは、リサは自分には若すぎると言ってたような気がするが」エビニーザはからかうように言った。

「考えが変わったんだ。彼女は年のわりには大人びているし、僕は年のわりに若いのさ」

サイの頬はゆるみっぱなしだった。

エビニーザは言った。「それを聞いて、僕もうれしいよ。僕らはふたりともいい相手を見つけたな」

マイカはぞっとしたような顔をした。「そういう話はやめてくれ。じんましんが出そうだ」

「と、ミスター独身は言う」エビニーザはからかった。

「敗北を知る前のナポレオンだものな」サイもうなずいた。

マイカは椅子から立ち上がった。「僕はキャリーと話をつけに行く。ボヨを連れてきたんだが、あいつはいま、兄弟に会いにアトランタへ行ってるんだ。僕が自分で出向くしかないな」彼はため息をついた。「ダラスがこの仕事から足を洗って以来、代わりになる男を探すのに苦労したよ。最近では、使える男を見つけるのは至難の業だ」

「昔だって、そうだったさ」エビニーザは応じた。「だが、そうだな、いざとなったらハーリーがいる。彼ならきなくさい仕事をよろこびそうじゃないか」

「もう違うぞ」サイは言下に否定した。「彼は最高の牧童頭なんだ。引き抜きは遠慮してくれ」

「じゃあ、ロドリゴはどうだ?」エビニーザは言った。

マイカはゆっくりとうなずいた。「ナッソーに来れば、いまより安全だしな。向こうへ帰る途中、彼を捜してみるか」

「気をつけてな」サイは言った。

「きみらもだ」

マイカはエビニーザの家を辞去すると、黒いポルシェに乗り込んだ。

町に着いた彼はケンプの法律事務所近くの脇道《わき》に入り、キャリーの黄色いフォルクスワーゲンのそばに車をとめた。黄色は彼女によく似合う。キャリーはほがらかで明るい娘だ。いや、だったと言うべきか。彼女の母親が家族みんなの生活をめちゃめちゃにするまでは。

ちょうど五時だった。マイカがバックミラーをのぞいて待っていると、一分もしないうちにキャリーが法律事務所から出てきた。彼女は何かほかのことに気をとられている様子で、ハンドバッグに手を突っ込みながら車に向かって歩いてくる。バッグの中身を路上にぶちまけないのが不思議なくらいだ。マイカはキャリーが世慣れない不器用なティーンエイジャーだったころのことを思いだした。

だが、そのキャリーもすっかり大人だ。顔立ちは平凡だが、活気に満ちた魅力が満面ににじみ出ている。髪は短く、身長は中くらい。しかし、かっとなると、その体に見合わないほど威力のある癇癪《かんしゃく》玉を破裂させる。マイカはふたりが友人になれないのを残念に思った。彼の女性関係がキャリーの心証を決定的に悪くしていた。マイカの父親のように、彼女も親たちの離婚は彼のせいだと思っているのだ。母親とマイカがいかがわしい関係にあったと、キャリーは信じていた。皮肉なものだ。あれほど僕の嫌悪感をそそる女性はほかにいないのに。

二度とこの家に帰ってくるな。マイカはそう言って追いだされた。マイカにとって、父親との断絶はつらかった。彼は父親を愛していた。キャリーも彼の父親を愛しているのだ。マイカはそのことがうれしかった。しかも、熱心に、老いた父親の世話をしてくれているのだ。そのふたりがいま、ロペスに狙われている。考えただけで、体中の血が凍りつくようだった。

ポルシェに気づいたキャリーが、ぎょっとしたように足を止めた。

マイカは車から降りて彼女に歩み寄った。

「きみと話し合いたいことがある」

キャリーはよそよそしい表情で彼を見上げた。彼女のブラウスの胸が、不規則な呼吸に合わせて上下している。マイカはただ一度、キャリーを腕に抱いたときの感触を思いだした……。

「わたしたち、話し合いなんて一度もしたことがないわ」彼女はマイカに言った。「あなたが言いたいことを言うだけじゃない」

キャリーは痛いところを突いてきた。マイカは吸いかけの葉巻をホルダーから取りだし、火をつけた。「ここでたばこを吸うのは違法行為よ」彼女は嬉々《きき》として言った。「火をつけたら逮捕されるわ」

「そうなればいいと思ってるんだろう？」

キャリーは挑発には乗らなかった。彼女は背筋をぴんと伸ばした。「これからシニアセンターへパパを迎えに行かなきゃならないの。パパはいま、わたしと暮らしているのよ」

「知ってる」キャリーが看護師のまねごとまでしているのかと思うと、腹が立った。ほかにも腹の立つことが山ほどある。「きみのお母さんから、何か知らせは？」彼はあざけるように尋ねた。

キャリーのまぶたがぴくっと動いた。彼女は静かに答えた。「あの人とパパが離婚して以来、音信不通よ。あなたのところへは？」意地悪くきき返す。

マイカはぎらつく目で彼女をにらんだ。

キャリーはさっさとこの会見をすませることにした。「なんの用なの？」無愛想に尋ねる。

正面きって尋ねられると、マイカはなんと言っていいかわからなかった。キャリーは彼の仕事のことを知らない。彼の父親だって、息子がどんな仕事をしているか知らないのだ。だが、その仕事のせいで、無関係なふたりにロペスの魔の手が迫ろうとしている。ふたりをなんとしても守らなければ。だが、どうすればいいんだ？

「きみと親父で休暇をとってナッソーへ来るつもりはないよね？」

キャリーはつんと顎を上げた。「地獄で休暇をとるほうがましだわ」

マイカはささくれた笑い声をあげた。「そうだと思った」

「パパは大丈夫よ」マイカの意図を誤解して、キャリーは言った。「ごく軽い発作だったの」

「発作って、いつのことだ？」とたんにマイカは心配そうな顔になった。

「誰からも連絡がいかなかった？　ごめんなさい。二週間前のことよ。パパは心臓発作を起こしたの。そのせいで顔の左半分の感覚がなくなって、その部分の筋肉を動かすことができなくなってしまったわ。だけど、言ったように、軽くてすんだのよ。予後の経過もいいわ。あなたが心配する必要はないの。パパの面倒はわたしが見ているから」

「きみが自腹を切ってか」マイカは怒りをあらわにして言った。

キャリーは体をこわばらせた。「わたしたちは、ふたりでつましく暮らしているわ。経済的な援助はいりません」堅苦しい口調で言った。以前マイカは彼女のことを、母親と同じ金めあての女だと言ってなじった。彼に傷つけられたキャリーの心はいまも癒《い》えていなかった。

キャリーの言葉はマイカの身にこたえた。彼は自分が口にしたひどい言葉の数々を忘れてしまえたらと思った。だが、いまさらどうしようもない。「きみは自分の実の父親を知っているのかい？」彼は好奇心に駆られてきいた。

キャリーの表情がひきつった。「実の父親が誰かは知らないわ。母の最初の結婚相手は、自分ではないときっぱり否定したしね」

「それで僕の親父を実の父親の身代わりのように思っているのかい？」

「パパは誰よりもわたしにやさしくしてくれたわ」彼女はこわばった口調で言った。「まだ、どうしてあなたがここにいるのか、聞いてないわよ」

マイカは適当な言葉を探した。「僕は敵を作ってしまったんだ。怒らせると厄介な相手だ。やつは仕返しのために、きみや親父を狙うかもしれない」

キャリーは眉を寄せた。「なんですって？」

マイカは彼女の視線をとらえた。「コロンビアを本拠とする麻薬カルテルの大物だ。僕はやつが大量のコカインを密輸しようとしていることを当局に通報し、やつに数百万ドルの損失を出させたんだ」

キャリーの血が凍りついた。コロンビアの麻薬カルテルのことは毎晩のようにテレビのニュースになっている。麻薬の密売人が取り引きの邪魔をする人間にどんな報復を加えるかもキャリーは知っていた。そんな人間が相手では、自分と病気の老人が身を守ることなど不可能だ。

キャリーはうつろな目でマイカを見上げた。「そんなに恐ろしい相手なの？」

「そうだ」

キャリーは大きく息を吸った。「わかったわ。これからどうすればいいの?」怒りだすでもなく、彼を責めるでもなかった。キャリーはただ、ぽつりと尋ねた。

「信頼できる誰かに依頼して、きみたちの身辺に目を光らせるつもりだ」

「あなたはどうするの?」

「それは僕自身の問題だ」

彼の口調は鋼のように冷ややかで、とりつく島もなかった。キャリーは急に気弱になった。まるで十八歳のあのときに戻ったみたいだ。マイカは、きみのせいで自分と父親の間に取り返しのつかない溝ができたと、彼女を責めた。

マイカもまた、同じ日のことを思いだしていた。あのころはまだ、みんながひとつ屋根の下で暮らしていた。そして、あの運命のクリスマスの日。キャリーの無邪気な誘惑をしりぞけて彼女を突き放すには、ありったけの意志の力を必要とした。マイカはキャリーの奔放なふるまいを非難して、涙を浮かべる彼女を残し、その場をあとにした。廊下に出た彼は、キャリーの母親とでくわした。キャリーの母親は、マイカの体が男としての反応を示しているのに気づいて、臆面《おくめん》もなく彼にたわむれかかってきた。彼女は自分の大胆なドレスがマイカを興奮させたと思い込んでいたのだ。

ちょうどそのとき、マイカの父親が書斎から出てきて、言いわけしようのない体勢でいるふたりを見つけた。マイカと父親の口論は、殴り合い寸前にまで発展した。マイカはキャリーが仕返しのために父親を書斎から誘いだし、母親といる現場を取り押さえさせたのだと、義妹を激しく責めた。キャリーは彼の言葉に深く傷ついた。キャリーはそれ以来、彼に対して決して心を開こうとしなくなった。

「わかったわ」キャリーは従順に言った。「あなたがその……自分の問題を片づけている間、わたしがパパの面倒を見ます」彼女は青ざめていたが、恐怖にすくみ上がってはいなかった。「ほかに何か?」

マイカのまなざしが、彼女のほっそりした体にそってすべり下りた。こうしていても、キャリーは本当に若く見える。彼女はまだ二十二歳だ。そして、僕は三十六。キャリーよりも十歳以上も年上なのだ。

マイカはもう少しキャリーとこうしていたかった。だが、それは彼らしくもないことだ。マイカはそっけなく肩をすくめた。「いや、別に。ただ気をつけてくれ。きみらに怪しい人間が近づかないように、僕のほうでも手を尽くすから」

キャリーは彼によそよそしい一瞥《いちべつ》をくれると、小さな車に乗り込んだ。そして、そのまま振り返らずに走り去った。

12

サイとリサは遅い夕食をとっていた。ふたりはお互いの姿をむさぼるように見つめながら、赤ん坊や将来のことを話し合った。そのとき、表で車の急ブレーキの音がした。ふたりはぎょっとして体をこわばらせた。まさかまたロペスの配下が！

サイはすばやく立ち、銃を手にした。そして、リサに下がっているよう合図すると、慎重な足取りで玄関の外に出た。数秒後、彼は構えていた銃を下ろした。車から現れたのはマイカ・スティールだったのだ。それにしても、マイカはひどい様子だった。

濃い金髪はくしゃくしゃに乱れ、顎にはうっすらとひげが伸びている。

サイは玄関先で時間を無駄にせず、友人を家の中に引き入れた。「まずコーヒーだ」

「わたしがコーヒーを運ぶわ」リサは言った。

サイは妻の頬にキスをした。「いや、僕がやる。きみはテレビでも見ておいで」

「わかったわ」リサは夫にキスを返し、マイカに気づかわしげな目を向けた。マイカは彼女にうなずいて見せると、先に立ってキッチンへ入った。

サイはマグにコーヒーをついだ。

「話は書斎のほうがいいか？」サイは尋ねた。

「ここでいい」マイカはマグを手に、背中を丸めて肩を落とした。よほど精神的にまいっているようだ。

サイはマイカと向き合う椅子に座った。「何があったんだ？」

「キャリーがロペスにさらわれた」

サイは背筋を棒のように伸ばした。「いつだ？　どうやって？」彼は鋭く尋ねた。

「昨日だ。職場の外でキャリーと会って、五分とたたないうちにだ。僕たちは少し話をした。僕は、彼女と親父《おやじ》が物騒な相手に狙《ねら》われる可能性があると警告した。そして、信頼できる男を彼女の身近に送り込むからと言って別れたんだ。だが、泊まっている宿に着いたとたん、エブから電話が入った。ロドリゴから緊急連絡があって、ロペスの手の者がキャリーをさらうために動きだしたと言うんだ。僕はすぐ親父のいるシニアセンターに電話した。すると、キャリーはまだ親父を迎えに来ていないと言う。僕は彼女を捜しに飛びだした。そして、シニアセンターのそばで、放置されている彼女の車を見つけた」

サイは毒づいた。「警察には連絡したのか？」

マイカは首を振った。彼は手で髪をかき乱した。「どうしたらいいかわからなかったんだ」マイカは苦悶《くもん》に満ちた目を上げた。「あの男がキャリーに何をするか想像がつくか？

彼女はまだ子どもなんだ、サイ。男に触れられたことさえ一度もないんだ！」

サイにもロペスがどんな行為におよぶかは想像がついた。考えただけで胸が悪くなりそうだ。それにしても、マイカの様子からすると、キャリーは彼にとって思った以上に大切な存在らしい。おそらくは、マイカが自分で考えている以上に。

「チェット・ブレイクに電話しよう」サイは言った。

「田舎の警察署長に何ができるって言うんだ」

「彼には有力なコネがあるんだ。ロペスがキャリーをどこへ連れ去ったか、彼ならわかるはずだ。もしメキシコにいるなら、当局に連絡して……」

マイカは刃のように鋭い目をサイに向けた。「キャリーの居場所さえわかればいい。それさえわかったら、ボヨとロドリゴを連れていって、ロペスたちに目にものを見せてやる」

サイはマイカを思いとどまらせたかった。だが、彼はもう人の話に耳を貸す状態ではない。こういうマイカを、サイは以前にも見たことがあった。サイはちらりとマイカの父親のことを考えた。キャリーの事件は、病気の老人にはショックの大きすぎる話だ。サイはマイカにその懸念を伝えた。

「それなら、もう手を打った」マイカは疲れきった様子で答えた。「在宅看護の看護師に頼んで、親父の面倒を見てもらうことにしたんだ。キャリーが戻るまで、ついててくれることになってる。キャリーについては、いとこが交通事故にあったので、緊急の呼びだしを受けて町を離れたとその看護師に話しておいた。キャリーにはいとこなんかいないが、親父はそれを知らない。看護師の話を信じるさ」

「賢明だな」サイは言った。「それで、僕はどうしたらいい？」

マイカはコーヒーを飲み干した。「親父の身辺に目を光らせていてほしいんだ。もしよければ」

「もちろんだ。約束しよう」

「ありがとう」マイカはそう言って立ち上がった。彼の口もとが弱々しい微笑にゆがんだ。「失ってはじめてその価値を知るとは、よく言ったものだな」

「キャリーはきっと無事さ」

「そう願ってるよ。それじゃあ、またな」

「幸運を祈る」

マイカはうなずいて、外へ出ていった。サイは自分にもう一杯コーヒーをつぎ、リサにはミルクを用意して、居間に向かった。

夫の姿を目にすると、リサは目を輝かせた。

「彼、どうかしたの？」

「キャリーがロペスにさらわれてしまった」

リサは息をのんだ。「かわいそうなキャリー！　彼、キャリーを救いだせるかしら？」

「彼女がどこにいるかわかり次第ね。僕は書斎で何本か電話をかけなきゃならない。先にベッドで休んでてくれ。僕もすぐ行くから」

リサは彼の頬に手をあてた。「ベッドへ行くなら、あなたと一緒がいいわ」

サイはほほえんで、やさしくリサの唇を求めた。「僕は何をするにもきみと一緒がいい」

「あなたの心は、これで満たされるかしら。わたしと赤ちゃんで？」リサはあらたまった口調で尋ねた。「失ってしまったものの埋め合わせになる？」

サイは彼女を抱きしめた。「死んだ息子を悼む気持ちは、きっといつまでも変わらない。そして、息子を救うことができなかった自分を、僕は責めつづけるだろう。だが、僕はきみを愛している。そして、僕らの赤ん坊が生まれるのを心から待ち望んでいるんだ」サイは顔を上げ、リサの瞳を食い入るように見つめた。「僕にはきみだけで十分だ、リサ」

リサはほほえんで、彼にむさぼるようなくちづけをした。「愛してるわ」

「僕もきみを愛してる」彼はいたずらっぽく笑った。「きみは僕の人生をすっかり変えてしまった。いままでは、朝日を覚ますのが楽しくてね。なにしろ、ベッドで目の保養ができるんだから」

リサはくすくす笑った。「わたしも毎朝、目の保養をさせてもらっているわ」リサはふと、真剣な面持ちになった。「ロペスはキャリーにひどい仕打ちをするかしら？」

「正直言って、わからない」

「きっといつか、ロペスも自分の犯した罪をつぐなう日が来るわ」

「ああ。絶対に罪のつぐないをさせてやるさ」

書斎へ向かいかけたサイは、戸口で立ち止まると、妻の姿を目でいつくしんだ。マイカには気の毒だが、リサが無事で本当によかった。僕は生まれ変わった。この先には、約束とよろこびに満ちた新しい人生が待っている。サイはほほえんだ。傷だらけの兵士は、やっとあたたかな自分の家庭を見つけたのだ。

●本書は2002年2月に小社より刊行された作品を文庫化したものです。

傷だらけのヒーロー

2025年1月1日発行　第1刷

著　者　ダイアナ・パーマー

訳　者　長田乃莉子（ながた　のりこ）

発行人　鈴木幸辰

発行所　株式会社ハーパーコリンズ・ジャパン
東京都千代田区大手町1-5-1
04-2951-2000（注文）
0570-008091（読者サービス係）

印刷・製本　中央精版印刷株式会社

 ISBN978-4-596-72064-1